MP3

全｜新｜修｜訂｜版

U0046393

日檢N2聽解 總合對策

日檢聽解名師 今泉江利子 清水裕美子 著

N2聽解
必考
重點整理
+
圖解
流程分析
五大題型
+
4回
全新
模擬試題
=
最完整的
聽解祕笈

每天背10個單字或句型 ⋯⋯ **20天掌握必考關鍵字！**

每週寫1回模擬試題 ⋯⋯ **4週有效訓練作答能力！**

考前反覆聽MP3 ⋯⋯ **熟悉語速不驚慌！**

日檢 N2 聽解總合對策 / 今泉江利子, 清水裕美子著；
游翔浩, 詹兆雯譯 . -- 修訂一版 . -- 臺北市：日月文化，
2020.02
296 面；19X26 公分 . -- (EZ Japan 檢定；33)
ISBN 978-986-248-857-7（平裝附光碟片）

1. 日語　2. 能力測驗

803.189　　　　　　　　　　　　　　108021481

EZ Japan 檢定 33

日檢N2聽解總合對策

作　　　者：今泉江利子、清水裕美子
譯　　　者：詹兆雯、游翔皓
主　　　編：尹筱嵐
編　　　輯：黎虹君、林高伃
編 輯 小 組：鄭雁聿、顏秀竹、陳子逸、楊于萱、曾晏詩
錄　　　音：今泉江利子、須永賢一、吉岡生信
封 面 設 計：亞樂設計
內 頁 排 版：簡單瑛設
錄 音 後 製：純粹錄音後製有限公司

發 行 人：洪祺祥

副 總 經 理：洪偉傑

副 總 編 輯：曹仲堯

法 律 顧 問：建大法律事務所

財 務 顧 問：高威會計師事務所

出　　　版：日月文化出版股份有限公司

製　　　作：EZ叢書館

地　　　址：臺北市信義路三段151號8樓
電　　　話：(02)2708-5509
傳　　　真：(02)2708-6157
客 服 信 箱：service@heliopolis.com.tw
網　　　址：www.heliopolis.com.tw
郵 撥 帳 號：19716071 日月文化出版股份有限公司

總 經 銷：聯合發行股份有限公司
電　　　話：（02）2917-8022
傳　　　真：（02）2915-7212
印　　　刷：中原造像股份有限公司
修 訂 一 版：2020年 2 月
修 訂 五 刷：2022年12月
定　　　價：320元
I S B N：978-986-248-857-7

全書MP3下載／線上聽

本書特色

特點 1 掌握聽解關鍵語句，是捷徑！

今泉江利子老師累積多年觀察日檢考試出題方向，彙整了常出現的單字、句型、慣用語、口語表現。讓你快速掌握題目關鍵用語。

單字＋重音

❶

句型＋例句

❷

慣用語

❸

縮約語

❹

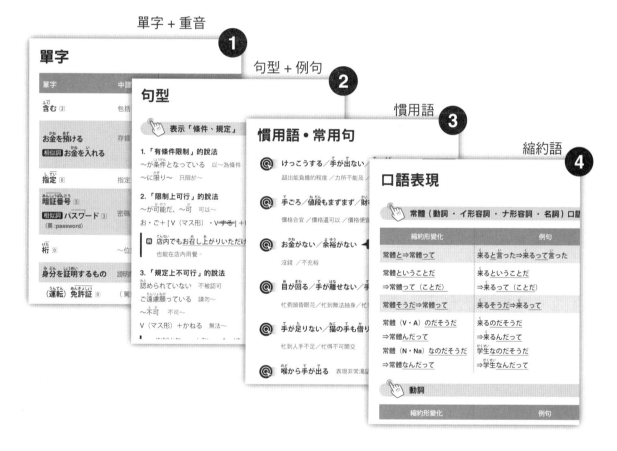

單字

單字	中譯
含む ②	包括
お金を預ける 相似詞 お金を入れる	存錢
指定 ⓪	指定
暗証番号 ⑤ 相似詞 パスワード （英：password）	密碼
桁 ⓪	～位數
身分を証明するもの	證明身分的東西
（運転）免許証 ⓪	（駕駛）執照

句型

表示「條件、規定」

1.「有條件限制」的說法
～が条件となっている　以～為條件
～に限り～　只限於～

2.「限制上可行」的說法
～が可能だ、～可　可以～
お・ご＋[V（マス形）・V する]＋
例 店内でもお召し上がりいただけ
也能在店內用餐。

3.「規定上不可行」的說法
認められていない　不被認可
ご遠慮願っている　請勿～
～不可　不可～
V（マス形）＋かねる　無法～

慣用語・常用句

けっこうする／手が出ない
超出能負擔的程度／力所不能及

手ごろ／値段もまずまず／財
價格合宜／價格還可以／價格便宜

お金がない／余裕がない
沒錢／不充裕

目が回る／手が離せない／手
忙到頭昏眼花／忙到無法抽身／

手が足りない／猫の手も借り
忙到人手不足／忙得不可開交

喉から手が出る　表現非常渴望

口語表現

常體（動詞・イ形容詞・ナ形容詞・名詞）口語

縮約形變化	例句
常體と⇒常體って	来ると言った⇒来るって言った
常體ということだ ⇒常體って（ことだ）	来るということだ ⇒来るって（ことだ）
常體そうだ⇒常體って	来るそうだ⇒来るって
常體（V・A）のだそうだ ⇒常體んだって	来るのだそうだ ⇒来るんだって
常體（N・Na）なのだそうだ ⇒常體なんだって	学生なのだそうだ ⇒学生なんだって

動詞

縮約形變化	例句

必勝關鍵：請大聲複誦，加強語感。同時考前再複習一下，加深記憶。

理解五大題型，是第一步！

特點 2

完全剖析聽解五大題型的**題型特性、答題技巧、答題流程**。更將**答題流程圖解化**，方便**輕鬆快速掌握答題節奏**。**雙倍題目量**反覆練習，養成日語耳反射作答的境界。

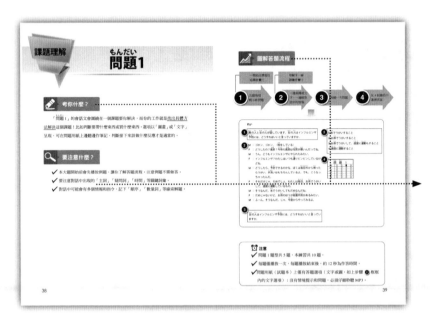

➡ 先看一下該大題型要考你什麼？要注意什麼？怎掌握答題流程？

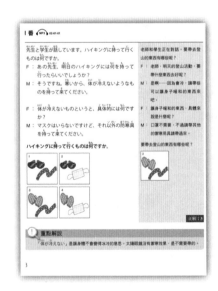

中日對譯搭配重點解說，讓你知道錯在哪？立即導正！

必勝關鍵：圖解答題流程，跟著做完美應試

模擬考很重要！

三回模擬試題暖身，反覆練習讓你越做越有信心。

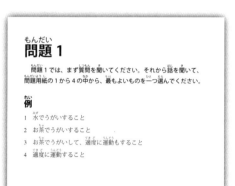

もんだい
問題 1

問題1では、まず質問を聞いてください。それから話を聞いて、問題用紙の1から4の中から、最もよいものを一つ選んでください。

れい
例

1 水でうがいすること
2 お茶でうがいすること
3 お茶でうがいして、適度に運動もすること
4 適度に運動すること

給老師的使用小撇步

可先將書中的模擬試卷和解答撕下來統一保管，確保預試順利進行。

模擬試卷的考試題目數、出題方向、難易度、問題用紙、解答用紙、錄音語速、答題時間長短完全仿照日檢零落差。請拆下來，進行一回**日檢模擬考**。這一回將檢視你能掌握多少！

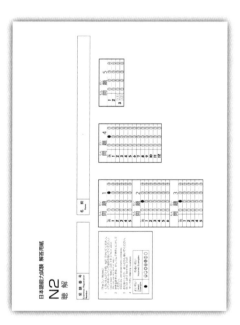

必勝關鍵：模擬試卷，請務必進行一次預試

本書品詞分類表

本書	其他教材使用名稱

動詞

動詞、V	動詞、V

動詞活用（變化）

ナイ形	未然形
マス形	連用形
字典形	辞書形、終止形、連体形
假定形	ば形、条件形
意志形	意向形、意量形
テ形	ます形＋て
タ形	ます形＋た
可能形	可能動詞
被動形	受身形
使役形	使役形
使役被動形	使役受身形

形容詞

イ形容詞、A	い形容詞、イ形容詞、A
ナ形容詞、NA	な形容詞、ナ形容詞、NA

名詞

名詞、N	名詞、N

文型

敬體	丁寧体、です体・ます体、禮貌形
常體	普通体、普通形

目次

高頻單字句型
慣用語
口語表現
重點整理

本單元彙整了「日本語能力試驗N2」常出現的「單字」「句型」；「慣用語／常用句」則是聚焦在高級一定要熟悉的日常應對、論點感想用語。而「口語表現」常考的縮約語，是聽解一大重點。請精熟本單元的重點整理。

Part 1

單字

單字	中譯	單字	中譯
含む [2] （ふく）	包括、包含	配達 [0] （はいたつ）	（將貨物） 投、遞、配送
お金を預ける （かね）（あず） 相似詞 お金を入れる （かね）（い）	存錢、存款	お金を引き出す （かね）（ひ）（だ） 相似詞 お金を下ろす、お金を出す （かね）（だ）	提款、領錢
指定 [0] （してい）	指定	売り切れ [0] （う）（き）	商品售罄
暗証番号 [5] （あんしょうばんごう） 相似詞 パスワード [3] （英：password）	密碼	プレゼント用に （よう） 包装する （ほうそう） （英：present）	包裝成禮物
桁 [0] （けた）	～位數	リボンをかける （英：ribbon）	繫上蝴蝶結
身分を証明する （みぶん）（しょうめい） もの	證明身分的 （文件）	交通の便がいい （こうつう）（べん）	交通方便
（運転）免許証 [0] （うんてん）（めんきょしょう）	（駕駛）執照	消費税 [3] （しょうひぜい）	消費稅
写真が付いているもの （しゃしん）（つ）	附照片的 （資料）	あいにく [0]	不巧
住所が確認できるもの （じゅうしょ）（かくにん）	可以確認地址 的（資料）	扱う [0][3] （あつか）	經營販售、對 待、處理、操作
印鑑 [0][3] （いんかん） 相似詞 はん [1]、はんこ [0]、印章 [0] （いんしょう）	印鑑、印章	盛り付ける [4] （も）（つ）	裝盤、擺盤
入会金 [0] （にゅうかいきん）	入會費	刻む [0] （きざ）	剁碎

單字	中譯	單字	中譯
手続き ② <small>て つづ</small>	手續	かき混ぜる ④ <small>ま</small>	攪拌、攪和
返却 ⓪ <small>へんきゃく</small>	歸還	かける ②	澆上、灑上（醬汁）
撮影禁止 ⓪ <small>さつえいきんし</small>	禁止攝影	つける ②	沾、塗
色が落ちる <small>いろ お</small>	褪色	炭水化物 ⑤ <small>たんすい か ぶつ</small>	碳水化合物
むらができる	顏色不均勻	脂質 ⓪ <small>し しつ</small>	脂肪
伸びる ② <small>の</small> 相反詞 縮む ⓪ <small>ちぢ</small>	伸長 縮小、縮短	たんぱく質 ③④ （蛋白質） <small>たんぱくしつ</small>	蛋白質
しみが付く <small>つ</small>	沾上污漬	食物繊維 ⑤ <small>しょくもつせん い</small>	食物纖維
こぼす ②	灑出、溢出	カルシウム ③ （英：calcium）	鈣質
皺になる <small>しわ</small>	（衣物）起皺	ビタミン ② （德：vitamin）	維生素
旬 ⓪ <small>しゅん</small>	當令、時令	世間話 ④ <small>せ けんばなし</small>	敘家常
てきぱき ①	爽快俐落	愚痴 ⓪ <small>ぐち</small>	牢騷
ずらす ②	挪開、錯開	噂話 ④ <small>うわさばなし</small>	謠傳
重ねる ⓪ <small>かさ</small>	重疊	自慢話 ④ <small>じ まんばなし</small>	自吹自擂
非常口 ② <small>ひ じょうぐち</small>	緊急逃生口	無理もない <small>む り</small>	理所當然

單字	中譯	單字	中譯
1 つおきに	每隔 1 個	くたくた ⓪	精疲力盡
そろえる ③	把～排齊、把～備齊	人使いが荒い	對人頤指氣使
列 ①	列	表紙 ③	封面
出入口 ③	出入口	目次 ⓪	目次
並んだ席 ⑤	並排座位、連號座位	いじめ ⓪	欺負、霸凌
中央 ③	中央	オタク（御宅）⓪	御宅族（對某方面特別沉迷到足不出戶）
端 ⓪	端、頭	学力低下 ②	學習實力下降
当たる ⓪ 相反詞 外れる ⓪	中獎 槓龜	自殺 ⓪	自殺
感じがいい	感覺不錯	締め切り ⓪	截止日期
可燃物 ②	可燃垃圾	能力を伸ばす	發揮能力
不燃物 ②	不可燃垃圾	うきうきする ①	興高采烈
資源ゴミ ②	資源垃圾	しょんぼりする ③	垂頭喪氣
粗大ゴミ ②	大型廢棄物	うとうと ①	迷迷糊糊、似睡非睡

單字	中譯	單字	中譯
ペットボトル ④ （英：PET bottle）	寶特瓶	どっさり ③	很多
散らかっている	亂七八糟	たっぷり ③	充分足夠
早速 ⓪	立刻	いきいき ②	朝氣蓬勃
くびになる	被解雇	日焼けする ⓪ 相似詞 焼ける ⓪	皮膚曬黑
リストラされる ⓪ （英：restructuring 略稱）	被裁員	頂上 ③ 相似詞 山のてっぺん	山頂
クレーム ⓪ （英：claim） 相似詞 苦情 ⓪、文句 ①	不滿 抱怨、牢騷	大通りを入ったところ にある	在一進入大馬路的地方
見積もり ⓪	估計	線路に沿って歩く	沿著鐵路走
責任の重圧に耐え られない	難以承受責任重擔	改札口 ④	剪票口
時間に縛られるの が嫌	討厭被時間綁住	プラットホーム ⑤ （英：platform） 相似詞 ホーム ①	月台
仕事がきつい	工作很累	〜強 ① 相反詞 〜弱 ①	高出〜 不足〜

單字	中譯	單字	中譯
なっとく 納得できない	無法理解	はんぶん 半分とまではいかない	連一半都沒有
ひと さしず 人に指図されるの きら が嫌い	討厭受人指使	うわまわ 上回る ④ 相反詞 したまわ 下回る ④	超出、超過 減少、低於
しゃがむ ⓪	蹲下	てん 転じる ③	轉變
こし 腰をひねる	扭腰、閃到腰	ばくはつてき 爆発的な ⓪	爆發性的
ころ つまずいて転ぶ	絆倒	おおはば 大幅に ⓪	大幅地
かえ ひっくり返る ⑤	倒下、顛倒	じょじょ 徐々に ①	漸漸地
ぶつける ⓪	碰撞	わずかに ①	稍微
じょうざい 錠剤 ⓪	藥丸	ゆるやかに ②	緩慢地
こなぐすり 粉薬 ③	藥粉	いくぶん 幾分 ⓪	一部分、一些
スプレータイプ ⑤ （英：spray type）	噴劑	ふ きょう 不況 ⓪ 相似詞 ふ けい き 不景気 ②	不景氣
カプセル ① （英：capsule／德：kapsel）	膠囊	ちょう さ アンケート調査 ⑥ （法：enquête）	問卷調查
じょく じ バランスのいい食事 （英：balance）	營養均衡的飲食	ラッシュアワー ④ （英：rush hour）	交通尖峰期
とうひょう 投票 ⓪	投票	せいさんだか 生産高 ③	產值

單字	中譯	單字	中譯
売上げ ⓪ うりあげ	營業額	余震 ⓪ よしん	餘震
津波 ⓪ つなみ	海嘯	土砂崩れ ③ どしゃくずれ	土石流
選挙 ① せんきょ	選舉	運転を見合わせ ている うんてん みあ	（鐵道）交通暫停運作
エネルギー ②③ （德：energie ⇒ energy）	能源	省エネ ⓪ しょう （省エネルギー略稱） **相似詞** エネルギーを省く はぶ	節能
エコ ① （和製英語：ecology 略稱／亦可做英：economy 略稱）	生態環境、節約	原子力発電 ⑥ げんしりょくはつでん	核能發電
地球温暖化 ⓪ ちきゅうおんだんか	地球暖溫化	二酸化炭素 ⑤ にさんかたんそ	二氧化碳
異常気象 ④ いじょうきしょう	氣候異常	少子高齢化 ① しょうしこうれいか	少子高齡化
出生率 ③ しゅっしょうりつ	出生率	詐欺 ① さぎ	詐欺
手口 ① てぐち	花招、手法	スコップ ② （荷：schop）	鏟子

表現性格的正面用語		表現性格的負面用語	
気が利く	機靈	優柔不断 ⓪	優柔寡斷
頭が切れる	頭腦精明	のん気 ①	漫不經心
面倒見がいい	很會照顧人	悪口を言う	説人壞話
飲み込みが早い	領悟力強	自慢する ⓪	驕傲自誇
思いやりがある	懂得體諒	そそっかしい ⑤	冒冒失失
信頼できる	值得信賴	短気 ①	個性急躁
		相似詞 気が短い、怒りっぽい	
根気がある	有耐心	ぼうっとしている	發呆
正義感がある	負正義感	飽きっぽい	沒定性
		相似詞 根気がない、三日坊主	
約束を守る	守信用	勝手	為所欲為
理解力がある	具理解能力	神経質	神經質
几帳面 ④	一絲不苟	忘れっぽい	健忘
しっかりしている	可靠、穩重	時間にルーズ	沒時間觀念
集中力がある	集中力佳	頑固	頑固

句型

 表示「條件、規定」

1.「有條件限制」的說法

～が条件となっている　以～為條件

～に限^{かぎ}り～　只限於～

～に限り～　只限於～

2.「限制上可行」的說法

～が可能^{か のう}だ、～可^か　可以～

お・ご＋ [V（マス形）・V~~する~~] ＋いただける　能～

例　店内^{てんない}でもお召^めし上^あがりいただけます。

　　　也能在店內用餐。

3.「規定上不可行」的說法

認^{みと}められていない　不被認可

ご遠慮願^{えんりょねが}っている　請勿～

～不可^{ふ か}　不可～

V（マス形）＋かねる　無法～

例　配達時間^{はいたつ じ かん}のご指定^{し てい}はお受^うけ致^{いた}しかねます。

　　　恕不接受指定配送時間。

 表示「要做、必須要做」

～に越^こしたことはない　最好是～；沒有比～更好了

～いかんにかかわらず／～いかんによらず　不管～都要～

～言^いうまでもない　不用說（當然）

なるべく～　儘可能～

できれば〜 可以的話〜

足_たりない 不夠

〜といいんだが 雖然是可以，但還是〜

V（假定形）いいんだが 假如〜也可以，但是〜

例 表_{ひょう}や図_ずも付_つけるに越_こしたことはありません。

最好是附上圖表。

！ 也可透過「提議」「提問」「願望、希望」「狀況說明」的方式來表現委託的意圖。

例 1人_{ひとり}じゃ間_まに合_あわない。誰_{だれ}か手伝_{てつだ}ってくれないかな。【願望、希望】

一個人做來不及。有沒有人可以幫忙呢？

 ### 表示「不做、不做也可以」

V（字典形）ことはない 不用〜

足_たりている 足夠了

〜で代用_{だいよう}する 以〜代替

〜があるから 因為有了〜（所以可以不用〜）

例 メールで送_{おく}ればいいです。直接_{ちょくせつ}行_いくことはありません。

寄電子郵件就可以了，不用專程去。

 ### 表示「已經完成某事」

1. 用法接近「〜てある」表示結果，結束，完了

〜といた（＝ておいた）【結果】

ちゃった／じゃった（＝てしまった）【完了】

例 佐々木_{ささき}さんには連絡_{れんらく}しときました。

我已經跟佐佐木先生聯絡好了。

2. 用法接近「もう」表示已經

すでに　已經～

とっくに　老早就～

> カタログはとっくに送ってあります。
>
> 型錄早就寄出了。

表示「順序」（優先順位）

相同意義的用法	中譯
すぐ／早速／ただいま／ただちに	馬上、立刻
何はともあれ／何をおいても／最優先で／真っ先に／ ともかく～する／とにかく～する／とりあえず～する	先、首先 總之
～次第	～之後馬上
いったん～てから	一旦～之後
前もって／事前に／予め／～に先立って	預先、事先
後ほど／後回し	等一下、過一會兒
再度	再度
～いっぱい／～中に【期限】	～期限之內
そうだ／そうそう／そういえば／それはそうと／ でも／ただし／それと／それから	用於追加、補述 內容時
ひとまず／とりあえず	總之、姑且

表示「最〜」

特<ruby>特<rt>とく</rt></ruby>に　特別是〜

<ruby>最大<rt>さいだい</rt></ruby>の　最大的

<ruby>最<rt>もっと</rt></ruby>も　最〜

<ruby>何<rt>なに</rt></ruby>より　比〜都、最〜

<ruby>何<rt>なん</rt></ruby>と<ruby>言<rt>い</rt></ruby>っても〜　無論如何

〜ほど〜はない　沒有比〜更〜、最〜

〜より〜はない　沒有比〜更〜、最〜

に<ruby>限<rt>かぎ</rt></ruby>る　最好、最好不過

<ruby>決<rt>き</rt></ruby>め<ruby>手<rt>て</rt></ruby>　決定性的根據

なくしては〜　沒有〜就（無法）〜

例　<ruby>健康<rt>けんこう</rt></ruby>が<ruby>何<rt>なに</rt></ruby>よりです。

　　健康比什麼都重要。

例　<ruby>本田<rt>ほんだ</rt></ruby>さんほど<ruby>勉強<rt>べんきょう</rt></ruby>ができる<ruby>人<rt>ひと</rt></ruby>はいません。

　　沒有比本田同學更會念書的人了。

例　<ruby>命<rt>いのち</rt></ruby>より<ruby>大切<rt>たいせつ</rt></ruby>なものがあるでしょうか。【表示生命最重要】

　　有比生命更重要的東西嗎？

 表示「強調」

〜こそ　正是〜、才是〜

〜さえ／すら　連、甚至

これこそ（まさに／まさしく）　這才真正是〜

〜ことが〜だ　〜才是〜

例 ジョギングが好きだからこそ、今まで続けてこられたんです。

正因為我喜歡慢跑，才能持續至今。

例 ゴミを分別しなければならないことさえ知らない人がいます。

甚至有人不知道垃圾必須分類。

例 これこそまさに私が言いたかったことです。

這正是我想說的。

 表示「句子前半部某種原因、理由，而導致某種結果」

A。それで〜／A。だから〜／A。ゆえに〜　因為 A。所以〜　　A 是重要的原因、理由

A。これが（最も重要です）　因為 A。這是（最重要）的

例 きのう台風が上陸しただろう。それで、飛行機が飛ばなかったんだ。

昨天颱風登陸了，所以飛機停飛。

 表示「句子後半部才是真正的原因、理由」

A じゃなくて、実は B　不是 A，其實是 B　　B 是重要的原因、理由

A というより B　與其說是 A，不如說是 B

A っていうのもあるけど B　要說 A 也可以，但是 B 也〜

A も〜が、B　A（也），但 B（更）〜

例 カゼじゃなくて、実は二日酔いなんだ。

不是感冒，其實是宿醉。

例 調べることも大切ですが、自分で考えることがより大切です。

查資料固然重要，但是自己動腦思考更重要。

表示「部分否定」

わけではない／（まったく／ぜんぜん）ないわけではない　並非完全〜

ないことはない／ないでもない　不是不〜、不會不

> 例　お酒をまったく飲まないというわけじゃないんです。
>
> 我並非是完全不喝酒。

 表示「主張自我想法」

〜べきだ　應該要、必須要

〜が大切である／重要である　〜很重要

〜たいものだ／V（テ形）ほしいものだ　想要別人做〜【強調發話者的心情】

> 例　（私は）地球環境を守るべきだと思います。
>
> 我認為應該要保護地球環境。
>
> 例　学生のみなさんには予習より復習をしてほしいと思います。
>
> 比起預習，我還比較希望同學們多多複習。

 表示「在句子後半部主張發話者想法」

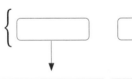
B才是發話者的想法

たしかに 的確 もちろん 當然 むろん　不用說	Aという意見があります。　有A這樣的意見 Aという人もいます。　有A這樣的人 Aにも一理あります。　A也有其道理 Aも否定できません。　也不能否定A	ですが、B　然而〜 しかし、B　不過〜 けれども、B 但是〜

例 努力より結果のほうが大切だという人もいるでしょう。しかし、私は努力なしに、よい結果がえられるとは思いません。

或許有人認為結果比努力的過程還要重要。但是，我認為沒有努力就沒辦法得到好的結果。

 表示「在句子最後講述結論」

結論	

以上の点から	從以上幾點看來
このように	像這樣的
したがって	因此
結論として	結論是

と思います。	～（我）認為
と考えます。	～（我）認為
という意見に賛成です。	（我）贊成～的意見

例 以上の点から、工場建設に賛成です。

基於以上幾點，我贊成蓋工廠。

 表示「提出問題、疑問」

～だろうか　～嗎？

～のではないだろうか　是不是～呢？

疑問だ　存有疑問

例 便利ということはいいことなのでしょうか。【對於方便存疑】

方便真的就代表是好事嗎？

例 私たちはインターネット上の情報を信頼しすぎているのではないでしょうか。【對於過度信任存疑】

我們是否過於相信網路上的資訊了呢？

表示「反對立場」

とんでもない　太不像話、豈有此理

〜すぎないほうがいい　最好不要過於〜

と思_{おも}えない　難以認同

例　仕事中_{しごとちゅう}にマンガを読_よむなんて、<u>とんでもない</u>ことです。

　　竟然在工作中看漫畫，實在是太不像話了。

例　税金_{ぜいきん}が国民_{こくみん}のために使_{つか}われている<u>とは思_{おも}え</u>ません。

　　難以認同稅金有用在國民身上。

 表示「換句話說、也就是說」

　　　　　　　　　　　〜というわけです

つまり　　　總之、終究
要_{よう}するに　總之、總而言之

例　<u>つまり</u>、バランスよく食_たべることが大切_{たいせつ}な<u>わけです</u>。

　　也就是說飲食均衡是很重要的。

 表示「尚未實現、發生的事」

1.「はずだったけど／はずだったのに／せっかく V（夕形）のに」

例　困_{こま}っていると知_しっていれば、手伝_{てつだ}ってあげた<u>のに</u>。【實際上沒有幫忙】

　　如果知道他有困難，我就幫他了。

2. V（字典形）ところだった

例　もう少_{すこ}しで皿_{さら}が割_われる<u>ところだった</u>。【實際上沒有摔破】

　　差一點盤子就摔破了。

3.「～ば／と／たら（いいのに）」

例 もうちょっと時間（じかん）があったらなあ。【實際上沒有時間】

如果能再有多一點時間就好了。

例 電車（でんしゃ）で行（い）ければ、一番（いちばん）いいんですけど。【實際上無法搭車去】

如果能搭電車去是最好的。

 表示「無法達成」

わけにはいかない　不可能

かねる　礙難、無法

ようがない　無法、～不了

どころではない　無法、哪裡有時間

できるわけがない／できっこない　不可能～

例 携帯電話（けいたいでんわ）の番号（ばんごう）はお教（おし）えかねます。【不便告知】

手機號碼無可奉告。

例 忙（いそが）しくて旅行（りょこう）どころじゃないんだ。【沒辦法去旅行】

我很忙哪有時間去旅行。

例 知（し）らないのだから、教（おし）えようがありません。【無法告知】

我不清楚所以也無法說些什麼。

 表示「驚訝」

～なんて　簡直太～、真是太～

例 こんなおいしいケーキを食（た）べないなんて。

這麼好吃的蛋糕，你竟然不吃。

單字句型・慣用語・口語表現

part 1

表示「句子後半部才是說話重點」

AどころかB ／ AばかりかB　非但A，還B～　　**B才是重點**

AばかりでなくB　不只是A，B也是

例 旅行<ruby>旅行<rt>りょこう</rt></ruby>どころか<ruby>昼<rt>ひる</rt></ruby>ごはんを<ruby>食<rt>た</rt></ruby>べる<ruby>時間<rt>じかん</rt></ruby>もないんだ。

別說去旅行了，我連吃午餐的時間都沒有。

 表示「與預期、期待相反」

<ruby>意外<rt>いがい</rt></ruby>にも／<ruby>案外<rt>あんがい</rt></ruby>　意外地

まさか～とは<ruby>思<rt>おも</rt></ruby>わなかった　沒想到竟～

例 この<ruby>映画<rt>えいが</rt></ruby><ruby>期待<rt>きたい</rt></ruby>していなかったけど、<ruby>案外<rt>あんがい</rt></ruby>おもしろかった。

我本來沒有很期待這部片，沒想到意外地很好看。

例 まさか<ruby>自分<rt>じぶん</rt></ruby>の<ruby>店<rt>みせ</rt></ruby>が<ruby>持<rt>も</rt></ruby>てるとは<ruby>思<rt>おも</rt></ruby>わなかった。

沒想到我竟然能擁有自己的店。

 表示「責備、不滿」

～ば・たらいいじゃない❤　如果～不就好

V（マス形）っぱなし　把～置之不理

～くせに　明明～

～も～し、～も～だ　既～又～

～も～なら、～も～だ　如果有～就有～

例 <ruby>言<rt>い</rt></ruby>いたいことがあるなら<ruby>言<rt>い</rt></ruby>えばいいじゃない。

你若是有話要說，直說不就好了？

例 <ruby>親<rt>おや</rt></ruby>も<ruby>親<rt>おや</rt></ruby>なら、<ruby>子<rt>こ</rt></ruby>も<ruby>子<rt>こ</rt></ruby>だ。【父母、兒女都不是很好的典範】

有什麼樣的父母，就有什麼樣的兒女。

表示「產生不好的結果」

～せいで　就因為～

～ばかりに　只因為～

例 あの人に話したばかりに、クラス中に秘密が知られてしまった。

就是因為告訴他，結果秘密都被全班知道了。

 表示「非常地」

～なんてもんじゃない／～のなんのって　非常地～

あまりに／あまりの～　太～

なんて～だろう　多麼～呀、何等

例 あの店はおいしいなんてもんじゃない。【非常好吃】

那家店美味得不得了。

例 あまりの暑さで疲れちゃった。【非常熱】

太熱了，所以感覺很疲倦。

例 この桜、なんてきれいなんだろう。

這棵櫻花真是太漂亮了。

 「副詞＋（ない）」的否定表現

さっぱり（～ない）　完全不～

ちっとも（～ない）　一點也不～

少しも（～ない）　一點也不～

まったく（～ない）　完全不～

一度も（～ない）　一次也不～

決して（～ない）　絕不～

ぜんぜん（～ない）　完全不～

まるで（～ない）　完全不、簡直不～

あまり（～ない）　不太～

たいして（～ない）　並不那麼～

めったに（～ない）　不常、不多

必<ruby>かなら</ruby>ずしも（～ない）　未必、不一定

例 きょうの試合<ruby>しあい</ruby>はさっぱりだったよ。【 結果不好 】

昨天的比賽完全失敗了。

 表示「詢問意見」

どう思<ruby>おも</ruby>われますか　如何呢？

いかがですか　您覺得如何？

例 花束<ruby>はなたば</ruby>とケーキにしようと思<ruby>おも</ruby>うんだけど、どうかな？

我想送花束、蛋糕，你覺得呢？

 表示「闡述意見」

1. 基本用法

（たぶん／きっと）～だろう　～吧

～んじゃない（だろうか／かと思<ruby>おも</ruby>う）　不是～嗎？

例 手土産<ruby>てみやげ</ruby>はお菓子<ruby>かし</ruby>でいいんじゃない？

送點心當伴手禮不是很好嗎？

例 会議<ruby>かいぎ</ruby>は月曜日<ruby>げつようび</ruby>がいいんじゃないかと思<ruby>おも</ruby>います。

我認為會議訂在星期一很好啊。

2. 消極地表達意見

～ようだ　好像（有點）～吧

～ように思<ruby>おも</ruby>う　認為似乎是～

〜だろうと思う 認為是〜吧

〜かもしれない 或許〜

という感じがする 感覺〜

よさそうだ 似乎比較好〜

例 価格が問題のようです。

價格似乎是個問題。

3. 積極地表達意見

〜べきだ 應該要〜

例 値段を下げるべきだと思います。

我認為應該要降價。

 表示「贊成」

1. 基本說法
いいと思う （我）認為很好
〜に賛成だ 贊成〜
同感だ （有）同感

2. 使用肯定語彙表達贊成

例 非常に使いやすいですね。

非常地好用啊。

3. 使用消極語彙表達贊成
仕方ない 沒辦法
今回はそういうことで 這次就這樣吧
やむを得ない 不得已〜

4. 使用強烈語彙表達賛成

～に賛成(さんせい)だ　賛成～

同感(どうかん)だ　對～有同感

おっしゃる通(とお)りだ　如您所言

 表示「反對」

1. 基本用法

～とは思(おも)えない　難以認同

～んじゃない（か／だろうか／かと思う）　不是～嗎？

～とは言(い)えない　不能說是～

～ってほどではない　不到～的程度

> 例　それはよくないんじゃないでしょうか。【覺得不好】
>
> 那不是不太好嗎？

> 例　安(やす)いってほどじゃないでしょう。【覺得貴】
>
> 不到便宜的程度。

2. 用否定語彙表達反對

> 例　デザインが古(ふる)すぎるんじゃないでしょうか。
>
> 這設計不是太老氣了嗎？

3. 用委婉語氣表達反對

おっしゃることはよくわかるのだが　我知道您的意思，但……

それはそうなのだが　話是這樣說沒錯……

ちょっと……　這有一點……

とは必(かなら)ずしも言(い)えないのではないか　並不一定就是～

> 例　値下(ねさ)げが必(かなら)ずしもいいとは言(い)えないのではないでしょうか。
>
> 降價並不一定就是好。

4. 使用強烈語彙表達反對

〜に反対（はんたい）だ　反對

納得（なっとく）できない　無法認同

否定的（ひていてき）だ　否定（態度）

例 知事（ちじ）は堤防建設（ていぼうけんせつ）には否定的（ひていてき）です。

縣長對堤防的建設採否定的態度。

 表示「不置可否」

さあ、どうかな　嗯，該怎麼說呢

そうだなあ　這樣啊

なんとも言（い）えない　沒辦法說什麼、難說

例 値下（ねさ）げがいいかどうかはなんとも言（い）えませんね。

降價好與否無法斷言。

！ 特別留意　「〜（ん）じゃない」語調

1. 雨（あめ）じゃない↓＝雨（あめ）ではありません。不是雨。【否定】

2. 雨（あめ）じゃない？↑＝雨（あめ）ではありませんか。不是雨嗎？【確認】

3. 雨（あめ）じゃない！↓＝雨（あめ）だ。是雨！【斷定、驚訝、發現】

4. 食（た）べるんじゃない↓「V（字典形）んじゃない↓」不可以吃。【禁止】

單字句型・慣用語・口語表現

慣用語・常用句

◎ けっこうする／手^てが出^でない／手^てが届^{とど}かない ◀ 表示昂貴

超出能負擔的程度 ／力所不能及 ／買不起

◎ 手^てごろ／値段^{ねだん}もまずまず／財布^{さいふ}にやさしい／経済的^{けいざいてき}／負担^{ふたん}がかからない

價格合宜 ／價格還可以 ／價格便宜／划算節省的／不會造成經濟負擔 表示便宜

◎ お金^{かね}がない／余裕^{よゆう}がない ◀ 表示身無分文

沒錢 ／不充裕

◎ 目^めが回^{まわ}る／手^てが離^{はな}せない／手^てが空^あいていない ◀ 表示忙碌

忙到頭昏眼花／忙到無法抽身／忙到騰不出手

◎ 手^てが足^たりない／猫^{ねこ}の手^ても借^かりたい ◀ 表示忙碌

忙到人手不足／忙得不可開交

◎ 喉^{のど}から手^てが出^でる 表現非常渴望得到某物的心情

◎ 頭^{あたま}をひねる／頭^{あたま}をしぼる 絞盡腦汁

◎ 舌^{した}が肥^こえている／口^{くち}が肥^こえている 講究飲食

◎ 目^めがない 非常喜愛

◎ 一石二鳥^{いっせきにちょう} 一舉兩得

◎ 目^めに入^{はい}る 看到、看得見

@ 耳に入る（みみにはいる）　聽見

@ 抜群（ばつぐん）　優異出眾

@ ずば抜けている（ぬ）　出類拔萃

@ 十人並み（じゅうにんなみ）　普通

@ 手も足も出ない（て　あし　で）　束手無策

@ 何も言うことはない（なに　い）　無話可說　◀ 意思近於無可挑剔

@ 足が棒になる（あし　ぼう）　腳疲累到僵硬

@ 石の上にも三年（いし　うえ　さんねん）　有志者事竟成

@ 百聞は一見にしかず（ひゃくぶん　いっけん）　百聞不如一見

@ 目と鼻の先（め　はな　さき）　近在咫尺　◀ 多用於比喻非常近的距離

@ 二の次（に　つぎ）　次要

@ 耳を傾ける（みみ　かたむ）　傾聽

@ うなぎ上り（のぼ）　（物價、溫度、職位等）直線上升

@ 備えあれば憂いなし（そな　うれ）　有備無患

@ さしつかえない　無妨

@ ご遠慮ください（えんりょ）　謝絕

口語表現

 常體（動詞 ・ イ形容詞 ・ ナ形容詞 ・ 名詞）口語變化

縮約形變化	例句
常體と⇒常體って	来ると言った⇒来るって言った
常體ということだ ⇒常體って（ことだ）	来るということだ ⇒来るって（ことだ）
常體そうだ⇒常體って	来るそうだ⇒来るって
常體（V・A）のだそうだ ⇒常體んだって 常體（N・Na）なのだそうだ ⇒常體なんだって	来るのだそうだ ⇒来るんだって 学生なのだそうだ ⇒学生なんだって

 動詞

縮約形變化	例句
Vて𝗂る⇒Vてる	食べている⇒食べてる
Vて𝗂く⇒Vてく	持っていく⇒持ってく
Vておく⇒Vとく	買っておく⇒買っとく
Vても⇒Vて／Vたって Vでも⇒Vで／Vだって	食べてもいい⇒食べたっていい 飲んでもいい⇒飲んだっていい
V（意志形）う⇒っ	行こうか⇒行こっか

V <u>ては</u>⇒V <u>ちゃ</u> V <u>では</u>⇒V <u>じゃ</u>	忘^{わす}れてはいけません／忘^{わす}れてはだめ ⇒忘^{わす}れちゃだめ 飲^のんではいけません／飲^のんではだめ ⇒飲^のんじゃだめ
V <u>てしまう</u>⇒V <u>ちゃう</u> V <u>でしまう</u>⇒V <u>じゃう</u>	書^かいてしまう⇒書^かいちゃう 読^よんでしまう⇒読^よんじゃう
V <u>なくては</u>⇒V <u>なくちゃ</u>	帰^{かえ}らなくては（いけない）⇒帰^{かえ}らなくちゃ **注意ちゃ後面的接續** 例 帰^{かえ}らなくちゃいけないはずです。（○） 例 帰^{かえ}らなくちゃはずです。（×）
V <u>なければ</u>⇒V <u>なきゃ</u>	帰^{かえ}らなければ（いけない）⇒帰^{かえ}らなきゃ **注意きゃ後面的接續** 例 帰^{かえ}らなきゃいけないだろう。（○） 例 帰^{かえ}らなきゃだろう。（×）
V <u>ては</u>いられない ⇒V <u>ちゃ</u>いらんない V <u>では</u>いられない ⇒V <u>じゃ</u>いらんない	泣^ないてはいられない ⇒泣^ないちゃいらんない 休^{やす}んではいられない ⇒休^{やす}んじゃいらんない
V <u>ない</u>⇒V <u>ん</u>	わからない⇒わからん 例 あんなサービスの悪^{わる}い店^{みせ}2度^どと行^いかん。 那樣服務態度差的店，絕不再去第二次。
V……<u>らない</u>⇒V……<u>んない</u>	わか<u>らない</u>⇒わか<u>んない</u> 変^かわ<u>らない</u>⇒変^かわ<u>んない</u>
V（可能形）<u>れ</u>⇒<u>ん</u>	食^たべ<u>れ</u>ない⇒食^たべ<u>ん</u>ない

イ形容詞口語變化

縮約形變化	例句
[- ai] ⇒ [- ee（長音化）]	高い [tak<u>ai</u>] ⇒たけえ [tak<u>ee</u>]
[- oi] ⇒ [- ee（長音化）]	すごい [sug<u>oi</u>] ⇒すげえ [sug<u>ee</u>]
[- ui] ⇒ [- ii（長音化）]	寒い [sam<u>ui</u>] ⇒さみい [sam<u>ii</u>]

常見口語變化

縮約形變化	例句
なにも⇒なんにも	何も（なにも）⇒何にも（なんにも）
すごく⇒すっごく／すご	<u>すごく</u>おいしい⇒<u>すっごく</u>おいしい
とても⇒とっても	<u>とても</u>暑い⇒<u>とっても</u>暑い
やはり⇒やっぱり／やっぱ	<u>やはり</u>行こう⇒<u>やっぱり</u>／<u>やっぱ</u>行こう
もの⇒もん	食べる<u>もの</u>ない？⇒食べる<u>もん</u>ない？
同じ（おなじ）⇒おんなじ	その鞄、私のと<u>おんなじ</u>だ。
これは⇒こりゃ それは⇒そりゃ あれは⇒ありゃ	<u>そりゃ</u>、大変だ。
そうか⇒そっか	<u>そっか</u>、わかった。
それで⇒で	<u>で</u>、留学するの？
ところ⇒とこ	京都はきれいな<u>とこ</u>だよ。

5大題型
圖解答題流程

N2聽解共有「5大題型」，即「問題1」「問題2」「問題3」「問題4」「問題5」，每種題型各有出題重點、應答技巧及練習題。本單元依此5大題型進行分類訓練，每題型的訓練開始前，都有題型解析：本類題型「考你什麼？」「要注意什麼？」以及「圖解答題流程」，請先詳讀後再進行練習！

Part 2

問題理解

もんだい
問題1

 考你什麼？

　　「問題1」的會話文會圍繞在一個課題要你解決,而你的工作就是<u>找出具體方法解決這個課題</u>!比如判斷要帶什麼東西或買什麼東西。選項以「圖畫」或「文字」呈現,可在問題用紙上邊聽邊作筆記,判斷接下來該做什麼反應才是適當的。

 要注意什麼？

✔ 本大題開始前會先播放例題,讓你了解答題流程。注意例題不需做答。

✔ 要注意對話中出現的「主詞」「疑問詞」「時間」等關鍵詞彙。

✔ 對話中可能會有多個情報和指令,記下「順序」「數量詞」等線索解題。

一開始先掌握住
它問什麼！

理解下一步
該做什麼！

1 先聽情境
提示和問題

2 一邊看圖或文
字，一邊聽對
話中的情報

3 再聽一次問題

4 從 4 個選項中
選擇答案

れい

1 男の人と女の人が話しています。女の人はインフルエンザ
予防には、どうすればいいと言っていますか。

2
1. 水でうがいすること
2. お茶でうがいすること
3. お茶でうがいして、適度に運動もすること
4. 適度に運動すること

2
M ： ゴホン、ゴホン。（咳をしている）
F ： どうしたの？風邪？今年の風邪は性質が悪いんだってね。
M ： うん、どうもインフルエンザにやられたみたい。
F ： インフルエンザ？わたしはいつも通りピンピンしているけ
　　　どね。
M ： どうしたら、予防できるのかな。ぼくは毎日外から帰った
　　　らうがい、手洗いはもちろんしているよ。でも、こうなっ
　　　ちゃったんだ。
F ： それだけじゃ、だめでしょ。わたしは毎日、お茶でうがい
　　　して、適度に運動しているもの。
M ： そうなんだ。水でうがいしてもだめなんだね。
F ： だめじゃないけど。お茶のほうが殺菌作用があるみたい。
M ： ふーん、そうなんだ。じゃ、今度からやってみるよ。

4
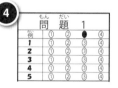

3
女の人はインフルエンザ予防には、どうすればいいと言ってい
ますか。

⏰ **注意**

✔ 問題 1 題型共 5 題，本練習共 10 題。

✔ 每題僅播放一次，每題播放結束後，約 12 秒為作答時間。

✔問題用紙（試題本）上僅有答題選項（文字或圖，如上步驟 **2** 框框
　內的文字選項）；沒有情境提示和問題，必須仔細聆聽 MP3。

<ruby>問題<rt>もんだい</rt></ruby> 1 🎧 MP3 02-01-00

　<ruby>問題<rt>もんだい</rt></ruby> 1 では、まず<ruby>質問<rt>しつもん</rt></ruby>を<ruby>聞<rt>き</rt></ruby>いてください。それから<ruby>話<rt>はなし</rt></ruby>を<ruby>聞<rt>き</rt></ruby>いて、<ruby>問題<rt>もんだい</rt></ruby><ruby>用紙<rt>ようし</rt></ruby>の 1 から 4 の<ruby>中<rt>なか</rt></ruby>から、<ruby>最<rt>もっと</rt></ruby>もよいものを<ruby>一<rt>ひと</rt></ruby>つ<ruby>選<rt>えら</rt></ruby>んでください。

1 <ruby>番<rt>ばん</rt></ruby> 🎧 MP3 02-01-01

1
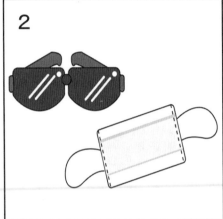

2

3
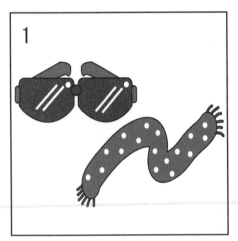

4
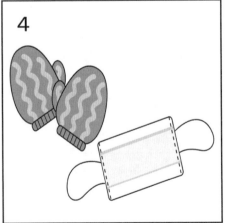

2番 （MP3） 02-01-02

1　ア　イ　オ
2　イ　ウ　エ
3　ウ　エ　オ
4　ア　エ　オ

3番　_{ばん}　🎧 MP3 02-01-03

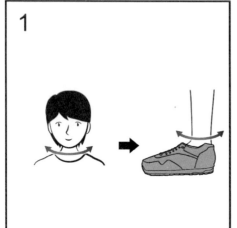

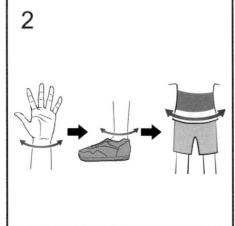

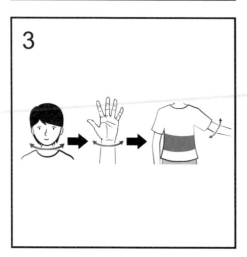

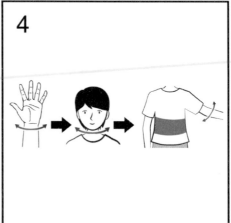

4番 MP3 02-01-04

ア　イ
ウ
エ　オ

1　ア　ウ　エ
2　ア　イ　オ
3　イ　ウ　エ
4　イ　ウ　オ

part 2

題型解析 問題1
解答 試題
問題2
解答 試題
問題3
解答 試題
問題4
解答 試題
問題5
解答 試題

5番 〔MP3〕02-01-05

チェックリスト		
☐	ア	
☐	イ	
☐	ウ	
☐	エ	
☐	オ	

1　ア　と　オ

2　イ　と　エ

3　ウ　と　エ

4　エ　と　オ

6 番 (ばん) 🎧 MP3 02-01-06

1 割れ物（わ もの）を運（はこ）ぶこと

2 書類（しょるい）を運（はこ）ぶこと

3 指（ゆび）を切（き）らないようにすること

4 書類（しょるい）を取（と）り出（だ）すこと

7 番 (ばん) 🎧 MP3 02-01-07

1 銀行（ぎんこう）へ行（い）く

2 東南商事（とうなんしょうじ）へ行（い）く

3 郵便局（ゆうびんきょく）へ行（い）く

4 銀行（ぎんこう）と郵便局（ゆうびんきょく）へ行（い）く

part 2

題型解析 問題1

解答 試題

問題2

解答 試題

問題3

解答 試題

問題4

解答 試題

問題5

解答 試題

8番 MP3 02-01-08

1 会社に休暇届を出す
2 安いホテルに変更する
3 インターネットで安いツアーを調べる
4 旅行社に電話してキャンセルする

9番 MP3 02-01-09

1 山に登る
2 海で泳ぐ
3 美術館で写真を見る
4 買い物に行く

10 番 ばん 🎧 MP3 02-01-10

1 血圧、体重、身長を測る
   けつあつ たいじゅう しんちょう はか

2 レントゲン写真を撮る
   しゃしん と

3 血液検査をする
   けつえきけんさ

4 受付に結果を取りに来る
   うけつけ けっか と く

問題1　スクリプト詳解

（解答）	1	2	3	4	5	6	7	8	9	10
	3	**4**	**4**	**1**	**2**	**3**	**1**	**4**	**1**	**3**

（M：男性　F：女性）

1番 　MP3 02-01-01

先生と学生が話しています。ハイキングに持って行くものは何ですか。

F ： あの先生、明日のハイキングには何を持って行ったらいいでしょうか？

M ： そうですね。寒いから、体が冷えないようなものを持って来てください。

F ： 体が冷えないものというと、具体的には何ですか？

M ： マスクはいらないですけど、それ以外の防寒具を持って来てください。

ハイキングに持って行くものは何ですか。

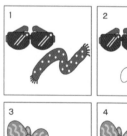

老師和學生正在對話。要帶去登山的東西有哪些呢？

F ： 老師，明天的登山活動，要帶什麼東西去好呢？

M ： 是啊……因為會冷，請帶些可以讓身子暖和的東西來吧。

F ： 讓身子暖和的東西，具體來說是什麼呢？

M ： 口罩不需要，不過請帶其他的禦寒用具請帶過來。

要帶去登山的東西有哪些呢？

正解：3

重點解說

「体が冷えない」是讓身體不會變得冰冷的意思。太陽眼鏡沒有禦寒效果，是不需要帶的。

2番 MP3 02-01-02

男の人と女の人が話しています。男の人が好きなスポーツは何ですか。

F：ねえ、どんなスポーツが好き？

M：1) 外でやるスポーツかな。

F：外でやるスポーツっていろいろあるけど。

M：2) 一人じゃ寂しいから、大勢でやるのがいいな。

F：へえ、そうなんだ。よくやるの？

M：ううん、ぼくは見るの専門だけどね。

男の人が好きなスポーツは何ですか。

1. ア　イ　オ
2. イ　ウ　エ
3. ウ　エ　オ
4. ア　エ　オ

男性和女性正在對話。男性喜歡的運動是什麼呢？

F：你喜歡什麼運動？

M：在戶外進行的運動吧。

F：戶外的運動有很多種呢。

M：一個人的話很孤單，一群人一起玩的運動比較好吧。

F：咦，這樣啊。你常做運動嗎？

M：不，我是負責看的。

男性喜歡的運動是什麼呢？

4. ア、エ、オ

正解：4

🔍 重點解說

透過 1）可了解男性喜歡的是「在戶外進行的運動」。但題解時要特別注意 2)「一人では寂しいな」，表示男性喜歡的是團體運動。「見るの専門」意思是喜歡看比賽。

3番 🎧 MP3 02-01-03

男の人と女の人が話しています。中山さんはどんな順番でどんな運動をしますか。

M ： 佐藤さんは、手首、首、腕の順番で運動してください。

F ： はい。

M ： 田中さんは手首、足首、腰の順番で回してください。

F ： 鈴木さんはどうしたらいいですか？

M ： うーん、鈴木さんはお年だから首と足首を回す運動だけでいいですよ。

F ： 中山さんはどうしたらいいですか？

M ： 佐藤さんと同じでいいですよ。

中山さんはどんな順番でどんな運動をしますか。

一男一女正在對話。中山小姐要依照什麼順序進行什麼運動呢？

M ： 佐藤小姐，請按照手腕、脖子、手臂的順序活動。

F ： 好。

M ： 田中小姐請按照手腕、腳踝、腰的順序轉動身體。

F ： 鈴木小姐要怎麼做呢？

M ： 嗯，鈴木小姐年紀大了，只要做活動脖子和腳踝的運動就可以了。

F ： 中山小姐要怎麼做呢？

M ： 跟佐藤小姐一樣就可以了。

佐中山小姐要依照什麼順序進行什麼運動呢？

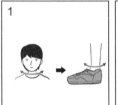
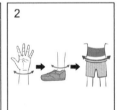
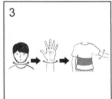

正解：4

4番 （MP3）02-01-04

<table>
<tr><td>

女の学生と男の学生が話しています。女の人は何を注文しますか。

F： 何を食べようかな？

M： 僕はこれかな。

F： えっ、コロッケだけ？

M： ううん、コロッケとジュースだよ。

F： わたしはオムライスにしよう。

M： オムライスだけ？

F： ううん、オムライスだけじゃ野菜が足りないからこれも。

M： 飲み物は？

F： コーヒーにするわ。

女の人は何を注文しますか。

</td><td>

女學生和男學生正在對話。女學生要點什麼呢？

F： 吃什麼好呢？

M： 我吃這個吧。

F： 咦？只吃可樂餅嗎？

M： 不，我點可樂餅和果汁喔。

F： 我吃蛋包飯好了。

M： 只吃蛋包飯嗎？

F： 嗯～只吃蛋包飯的話蔬菜不夠，再加這個。

M： 飲料呢？

F： 我要咖啡。

女學生要點什麼呢？

1. ア　ウ　エ

</td></tr>
</table>

1. ア　ウ　エ
2. ア　イ　オ
3. イ　ウ　エ
4. イ　ウ　オ

正解：1

! 重點解說

因為提到了「蔬菜不夠」，所以加點的會是可以補充蔬菜的沙拉。

5番 MP3 02-01-05

男の人と女の人が話しています。男の人が欲しいものはどこにありますか。

M： あの、ぼくだけど。

F： あら、あなた、どうしたの？

M： 財布とカギ、忘れちゃってさ。

F： どこに？

M： どこだったか覚えていないんだよ。たしかテレビの上に置いたと思うんだけど。

F： ないわよ。テレビの上には。あ、あった。あった。ここに。

M： どこにあったの？

F： 下駄箱と机の上に。ごちゃごちゃしているからわからなかったわ。

男の人が欲しいものはどこにありますか。

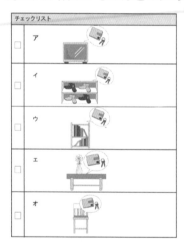

1. ア と オ
2. イ と エ
3. ウ と エ
4. エ と オ

一男一女正在對話。男性想要的東西在哪裡呢？

M： 是我。

F： 唉呀，你怎麼了？

M： 我忘了帶錢包和鑰匙。

F： 你放在哪裡？

M： 我不記得放在哪裡。我想應該是放在電視上了。

F： 電視上沒有呢。啊！有了有了，在這裡。

M： 在哪裡？

F： 在鞋櫃和桌子的上面。亂七八糟的所以我剛才沒看到。

男性想要的東西在哪裡呢？

2. イ と エ

正解：2

! 重點解說

男性要的東西不是放在電視上，而是鞋櫃和桌子的上面。

6番  02-01-06

女の人と男の人が話しています。女の人は何に気をつけたほうがいいと言っていますか。

F ： これ運んだの誰。

M ： わたしですが。何か。

F ： 中見てごらんなさい。

M ： あちゃー。これはひどい。

F ： 気をつけてもらわないとね。何で割れ物と書類いっしょに入れたの。こんなになっちゃって、書類取り出すのたいへんでしょ。

M ： はあ、すぐ処理します。

F ： 指切らないように気をつけてね。書類に血がついちゃうわよ。

M ： はい、気をつけてやります。

女の人は何に気をつけたほうがいいと言っていますか。

1. 割れ物を運ぶこと
2. 書類を運ぶこと
3. 指を切らないようにすること
4. 書類を取り出すこと

一女一男正在對話。女性說要注意什麼地方呢？

F ： 這個是誰搬來的？

M ： 我搬過來的，怎麼了嗎？

F ： 你看看裡面。

M ： 唉呀，這還真糟糕。

F ： 要小心一點啊，怎麼把易碎物品跟文件一起放進去了呢？變成這樣子，要把文件拿出來不是很麻煩嗎？

M ： 好，我馬上處理。

F ： 注意別割到手指了，這樣血會沾到文件上。

M ： 好的，我會小心。

女性說要注意什麼地方呢？

1. 搬運易碎物品
2. 搬運文件
3. 不要割到手指
4. 拿出文件

正解：3

重點解說

女性說了兩件要注意的事情，一件是「不要把易碎物品和文件放在一起」，另一件是「注意別割到手指」。「こんなになっちゃう」（變成這樣子）則大多造成不好的結果。

7番 MP3 02-01-07

男の人と女の人が話しています。女の人はこの後すぐ何をしますか。

M： 悪いけど、今から郵便局行ってきてくれる。

F： 先ほど課長から銀行へ行って、この書類を東南商事へ届けるように言われたのですが、お急ぎですか。

M： うん、とても急いでるんだ。なんとかならないかな。

F： では、銀行と東南商事へ行く前に、郵便局へ行きましょうか。

M： 銀行のほう、急いでいるならそちらへ先に行って、郵便局のほう、その後でもいいよ。

F： 東南商事の後では遅すぎますか。

M： そうだね。ちょっと遅いから、やっぱり東南商事へ行く前に頼むよ。

F： わかりました。

女の人はこの後すぐ何をしますか。
1. 銀行へ行く
2. 東南商事へ行く
3. 郵便局へ行く
4. 銀行と郵便局へ行く

一男一女正在對話。女性在這之後要馬上做什麼事呢？

M： 不好意思，現在可以幫我去一趟郵局嗎？

F： 剛才課長叫我去銀行，然後把這份文件送去東南商事。你很急嗎？

M： 對，我很急，可以想個辦法嗎？

F： 那我在去銀行和東南商事之前，先去郵局好了。

M： 銀行如果比較急的話你可以先去，在那之後再去郵局也沒關係。

F： 去東南商事之後再去會太晚嗎？

M： 是啊，有點晚了，還是麻煩妳在去東南商事之前去吧。

F： 我知道了。

女性在這之後要馬上做什麼事呢？
1. 去銀行
2. 去東南商事
3. 去郵局
4. 去銀行和郵局

正解：1

 重點解說

因為一開始就已經提到要問的是「女性馬上要做什麼事」，所以只要聽女性要做的第一件事是什麼就可以了。

8 番 MP3 02-01-08

女の人と男の人が話しています。女の人はこの後すぐ何をしますか。

F： 旅行社から見積もりのメールが来たけど。

M： いくら、いくら？わあ、けっこう高いなあ。ツアーじゃないから、しかたないけど。

F： どうしようか。予算オーバーだけど、1) 休暇届も出しちゃったしなあ。

M： ホテルのランクをもうちょっと落としたらいいんじゃない？

F： 2) もともと安いとこしか頼んでないよ。

M： そっか……。じゃ、今回はやめますって、旅行社に連絡入れる？

F： 旅行をやめるのはいやだなあ。ほかのツアーを探さない？

M： じゃ、3) 俺探してみるから、4) 旅行社に連絡して断って。

F： わかった。

女の人はこの後すぐ何をしますか。
1. 会社に休暇届を出す
2. 安いホテルに変更する
3. インターネットで安いツアーを調べる
4. 旅行社に電話してキャンセルする

一女一男正在交談，女性在這之後馬上要做什麼？

F： 旅行社用電子郵件寄來估價單了。

M： 價格是多少？哇，好貴啊。不過因為不是參加旅行團，那也沒辦法。

F： 那怎麼辦？超出預算了，可是請假單也遞出去了。

M： 訂便宜一點的飯店怎麼樣？

F： 我們本來就只是訂便宜的飯店啊。

M： 是喔……。那要不要跟旅行社聯絡說這次取消呢？

F： 我不想取消旅行啊，要不要找看看其他行程？

M： 那我來找看看，妳跟旅行社聯絡一下說要取消。

F： 好。

女性在這之後馬上要做什麼？

1. 跟公司遞請假單
2. 改訂便宜的飯店
3. 在網路上找便宜的旅行團
4. 打電話給旅行社取消

正解：4

重點解說

對話中雖然都曾提到選項1～4，但從1）可知請假單已經提交出去了。而從女性的對話2）也可得知已經無法改訂便宜的飯店了。接著男性提到3）、4），可知男性負責尋找旅行團，而女性要負責跟旅行社聯絡取消行程。

女の人と男の人が話しています。男の人はこれから何をしますか。

M：きょうはお天気が崩れそうだね。

F：そうね。山に行くつもりだったけど、変更しない？

M：でも、明日のほうがもっと悪くなりそうなんだよ。今回の目的は登山だからな。

F：私は付き合わないわよ。途中で雨に降られるのはいやだから。また来ればいいんだし、山はあきらめたら？

M：そうだな。やめようかな。君は美術館？

F：うん、山の写真展やってるんだけど、行かない？買い物でもいいんだけどね。

M：山の写真？見たいな。1) でも、やっぱり行くだけ行こうかな。雨が降り出したら、戻ってくるよ。

F：時間の無駄じゃない？この前も海へ行ったけど、引き返して来たじゃない？

M：2) 行ってみてだめだったら、あきらめがつくからさ。

F：わかった。じゃ、何か変更があったら連絡してね。

男の人はこれから何をしますか。
1. 山に登る
2. 海で泳ぐ
3. 美術館で写真を見る
4. 買い物に行く

一女一男正在交談，男性接下來要做什麼？

M：今天好像會變天。

F：是啊，我們本來預計要去爬山的，要不要改計畫？

M：可是明天天氣可能更糟喔，我們這次的目的是爬山耶。

F：那我不跟你去了，我可不希望半路下起雨來，改天再來就好了，還是不要爬山了吧。

M：說的也是，還是作罷好了，妳要去美術館嗎？

F：對，現在正在舉辦高山攝影展，你要不要一起去？不然也可以去購物啦。

M：高山攝影展？我想去。不過起碼還是去爬一下山吧，如果下起雨來再回來就好。

F：你這樣不是浪費時間嗎？之前也是去了海邊，結果還不是又回家了。

M：去了結果還是不行的話，我才會真正死心。

F：好吧，你如果計畫有變的話再跟我聯絡。

男性接下來要做什麼？
1. 登山
2. 去海邊游泳
3. 去美術館看攝影展
4. 去購物

正解：1

🔍 **重點解說**

　　從對話中的 1）及 2）可知，雖然可能變天，男性還是要上山看看。另外，因為題目問的是關於男性的事，因此在聽的過程中要留意男性的發言。

男の人と女の人が話しています。男の人はこれから何をしますか。

F： 血圧、体重、身長はもう測りましたか。

M： はい。もう測りました。

F： それでは、これを持ってレントゲン室に行ってください。

M： レントゲン室。

F： あ、レントゲンの前に採血してくださいね。

M： 採血っていうと、血液検査のことですか。

F： そうです。それから最後にレントゲンを撮って終わりです。
　　 結果は一週間後に出ますから、受付まで取りに来てくださいね。

M： はい、わかりました。

男の人はこれから何をしますか。
1. 血圧、体重、身長を測る
2. レントゲン写真を撮る
3. 血液検査をする
4. 受付に結果を取りに来る

一男一女正在對話。男性接下來要做什麼呢？

F： 已經量過血壓、體重和身高了嗎？

M： 對，我已經量過了。

F： 那麼請拿著這個到X光室去。

M： X光室？

F： 啊，在拍X光之前要先去抽血喔！

M： 抽血指的是要做血液檢查嗎？

F： 對。最後拍完X光之後就結束了。
　　 報告會在一個禮拜後出來，請來櫃檯領喔。

M： 好，我知道了。

男性接下來要做什麼呢？

1. 測量血壓、體重和身高
2. 拍X光
3. 做血液檢查
4. 來櫃台領結果報告

正解：3

もんだい
問題2

 考你什麼？

在「問題2」這個大題裡，必須根據問題問的重點，仔細聽談話內容。因此務必聽清楚問題的「主語」和「疑問詞」。

例如在「女の人は子どもの時、何になりたかったですか」問題裡，對話中會出現男女各自敘述自己的事，此時最重要的是聽出女性想做的職業，而非男性的。此外，問題中會運用各種疑問詞來出題，最常問你「どうして？」「何だ」。

本大題答題選項會列在問題用紙（試題本）上，請仔細看清楚選項內容，邊聽對話內容時邊留意與選項相似的用語。

 要注意什麼？

✔ 本大題開始前會先播放例題，讓你了解答題流程。注意例題不需做答。

✔ 問題重點擺在事情發生的原因或理由。

✔ 也可能問心理因素，例如生氣的理由等等。

一開始先掌握住它問什麼！

1 先聽情境提示和問題

有約 20 秒空檔解讀選項

2 「問題用紙」上解讀 4 個選項的差異

仔細聆聽尋找符合「問題」間的選項。

3 會話文開始

4 再聽一次問題

5 從 4 個選項中選擇答案

れい

1 男の人が話しています。このアイドルグループが成功したいちばんの理由は何ですか。

3 M ： リリースするアルバムはもちろん、シングルも必ずトップセールスを誇るまさに金の卵を産むアイドルグループABC。その人気の秘密は、メンバー全員がハンサムであることは当然ですが、ダンスや歌唱力そして何よりもそのイメージにあるようです。彼らの歌う歌詞にも親しみやすさがうかがわれます。

4 このアイドルグループが成功したいちばんの理由は何ですか。

2
1. 歌が上手だから
2. フレンドリーなイメージがあるから
3. ダンスが上手だから
4. ハンサムだから

5

問　題　2			
れい	①	●	③	④
1	①	②	③	④
2	①	②	③	④
3	①	②	③	④
4	①	②	③	④
5	①	②	③	④
6	①	②	③	④

⏰ **注意**

✔ 問題 2 題型共 6 題，本練習共 12 題。

✔ 每題僅播放一次。

✔ 每題播放情境提示和問題後，約 20 秒停頓可先解讀選項；整題播放結束後，約 12 秒為作答時間。

✔ 問題用紙（試題本）上僅有答題選項（文字或圖，如上步驟 **2** 框框內的文字選項）；沒有情境提示和問題，必須仔細聆聽 MP3。

もんだい
問題 2 🎧 MP3 02-02-00

　　問題 2 では、まず質問を聞いてください。そのあと、問題用紙のせんたくしを読んでください。読む時間があります。それから話を聞いて、問題用紙の 1 から 4 の中から、最もよいものを一つ選んでください。

ばん
1 番 🎧 MP3 02-02-01

1　世話が簡単なこと

2　えさ代があまりかからないこと

3　毎日散歩しなくていいこと

4　自分で洗えること

ばん
2 番 🎧 MP3 02-02-02

1　家から近いこと

2　会費が安いこと

3　一緒にがんばれる仲間がいること

4　いいインストラクターがいること

3番 (MP3) 02-02-03

1　ショッピングすること

2　カラオケで歌うこと

3　甘いものをたくさん食べること

4　ともだちとのおしゃべり

4番 (MP3) 02-02-04

1　塾で友達と勉強したこと

2　覚えることが勉強だったこと

3　すぐに覚えられたこと

4　先生に怒られたこと

part 2

題型解析

問題1 試題 解答

問題2 試題 解答

問題3 試題 解答

問題4 試題 解答

問題5 試題 解答

5 番 （MP3） 02-02-05

1 印刷したものを取りに行った時

2 友達と話していた時

3 お手洗いに行った時

4 昼ごはんを食べに行った時

6 番 （MP3） 02-02-06

1 写真と違っていたから

2 値段が安くなかったから

3 届くまでに時間がかかったから

4 似合わなかったから

7 番 （MP3） 02-02-07

1 上司にほめられたから

2 娘にほめられたから

3 娘が携帯で写真が送れるようになったから

4 奥さんが携帯に娘の写真を送ってくれたから

8 番 （MP3） 02-02-08

1 トレーニングを休まないこと

2 楽しくトレーニングするためのヒントを自分で見つけること

3 試合で活用することを考えながらトレーニングすること

4 強くなりたいと意識しながらトレーニングすること

part
2

題型解析

問題1
試題
解答

問題2
試題
解答

問題3
試題
解答

問題4
試題
解答

問題5
試題
解答

9 番 MP3 02-02-09

1 朝9時から会議があるから

2 家族をバス停まで送ってから来たから

3 生活習慣を変えようと思ったから

4 遅刻が多いと注意されたから

10 番 MP3 02-02-10

1 非常口の位置を確認して、走らずに避難する

2 走らずに人が少ないところに避難する

3 ガラスに注意しながら、外に出る

4 周りの車に注意しながら空き地に避難する

11番 MP3 02-02-11

1 テーマパークの屋内施設を利用する

2 テーマパークは中止して、博物館へ行く

3 テーマパーク、博物館のいずれか自分が希望する施設へ行く

4 文化体験、テーマパーク、博物館のいずれか自分が希望する施設へ行く

12番 MP3 02-02-12

1 健康な体を保つため

2 体を柔らかくするため

3 気持ちを落ち着かせるため

4 ダイエットのため

part 2

題型解析

問題1

解答 試題

問題2

解答 試題

問題3

解答 試題

問題4

解答 試題

問題5

解答 試題

問題2　スクリプト詳解

（解答）

1	2	3	4	5	6
2	3	2	2	4	2
7	8	9	10	11	12
3	3	2	1	3	4

（M：男性　F：女性）

1番　MP3 02-02-01

男の人と女の人が話しています。女の人は小型犬が人気がある理由は何だと言っていますか。

M：最近、犬を飼い始めたんだって？

F：うん。小さくてとてもかわいいよ。

M：でも、すぐ大きくなっちゃうよ。

F：ならないよ。だって小型犬だもん。

M：どうして小型犬がいいと思ったの？

F：だって、経済的じゃない。洗うのはいいとしても、これだけは節約できないからね。

M：あっ、なるほど。

女の人は小型犬が人気がある理由は何だと言っていますか。

1. 世話が簡単なこと
2. えさ代があまりかからないこと
3. 毎日散歩しなくていいこと
4. 自分で洗えること

一對男女正在對話。女性說迷你狗受歡迎的理由是什麼？

M：聽說妳最近開始養狗了？

F：對啊，很小隻很可愛喔！

M：不過馬上就會變大了哦。

F：才不會呢！因為牠是迷你狗啊。

M：妳為什麼會覺得迷你狗好啊？

F：不覺得很經濟實惠嗎？要幫狗洗澡的話是沒問題，不過只有這一點是沒辦法節省的。

M：原來如此啊。

女性說迷你狗受歡迎的理由是什麼？

1. 容易照顧
2. 不用花很多飼料費
3. 不用每天帶去散步
4. 可以自己幫狗洗澡

正解：2

 重點解說

「経済的」是節省的、不會花錢的意思。「これだけは節約できないからね」的「これ」指的是飼料。

題型解析

問題1 試題 解答

問題2 試題 解答

問題3 試題 解答

問題4 試題 解答

問題5 試題 解答

2番  MP3 02-02-02

女の人が話しています。フィットネスクラブに長く通い続けるための一番重要なポイントは何だと言っていますか。

F ： 最近、健康維持のためにフィットネスクラブに通う人が増えていますが、その一方で、すぐ行かなくなってしまう人も多いようです。そうならないためには、まず会費が安い、近所にあるなどのことはもちろんですが、やはり人との交流も大切だと思われます。人といってもインストラクターではなく、気の合う友人でしょうか。お互いに目標があれば励ましあえるし、おしゃべりできるので長続きするようです。

フィットネスクラブに長く通い続けるための一番重要なポイントは何だと言っていますか。

1. 家から近いこと
2. 会費が安いこと
3. 一緒にがんばれる仲間がいること
4. いいインストラクターがいること

一位女性正在說話。女性說，能夠持之以恆地上健身中心的最大要訣是什麼？

F ： 最近為了維持健康而上健身中心的人增加了，但是另一方面馬上就不去了的人也很多的樣子。為了避免這種情形，首先會費便宜、離家近的這兩點當然很重要，不過重要的還是和其他人的交流。這邊指的人不是健身教練，而是意氣相投的友人吧。如果彼此都有目標的話就可以互相鼓勵，也可以閒話家常，這樣才能持之以恆。

女性說，能夠持之以恆地上健身中心的最大要訣是什麼？

1. 離家近
2. 會費便宜
3. 有可以一起努力的同伴
4. 有好的健身教練

正解：3

! 重點解說

在以上的內容中，健身教練並不能算是「意氣相投的朋友」。

3番 MP3 02-02-03

男の人と女の人が話しています。男の人のストレス解消法は何だと言っていますか。

M：あ～あ、イヤになっちゃうよ。ストレス爆発しそうだ。

F：何よ、それ？

M：何かいいストレス解消法はない？

F：わたしなら 1) ショッピングとか、甘いもの食べたり、おしゃべりするだけですぐ解消できるけどね。男のストレスはそうは簡単に解消できないか？お酒とかはどう？

M：2) 体によくないよ。

F：じゃ、3) やっぱり大声を出すしかないか？いっしょにつきあってあげるよ。

M：ありがとう。よくわかってくれたね。

F：もちろん。

男の人のストレス解消法は何だと言っていますか。

1. ショッピングすること
2. カラオケで歌うこと
3. 甘いものをたくさん食べること
4. ともだちとのおしゃべり

男性和女性正在談話。男性說的紓解壓力的方法是什麼？

M：啊～真討厭！我的壓力大到快要爆發了啦！

F：你在說什麼啊？

M：妳有好的紓壓方法嗎？

F：我的話嘛只要買東西、吃甜食、聊聊天就可以馬上消除壓力了。男性的壓力沒那麼容易紓解嗎？喝酒怎麼樣？

M：那對身體不好。

F：那還是只好大聲吶喊了吧？我可以陪你喔！

M：謝謝，妳還真了解我。

F：那當然。

男性說的紓解壓力的方法是什麼？

1. 購物
2. 在卡拉OK唱歌
3. 吃很多甜食
4. 和朋友聊天

正解：2

重點解說

問題問的是男性，1) 是女性紓壓的方法，不要被弄混淆了。從「2) 体によくないよ（對身體不好）可知男性覺得不好。最後 3) 的大声を出す（大聲吶喊），雖然選項中沒有完全相同的字，但從不適合的選項刪除可知可以大聲吶喊的只有選項 2。

4 番 🎧 MP3 02-02-04

男子学生と女子学生が話しています。女子学生は高校時代の何がよかったと言っていますか。

M： 講堂で今晩 7 時から自主映画の上映があるんだけど、行かない？

F： もちろん行くよ。友達の作品だから。だけど、7 時って高校時代なら、塾に行ってた時間だね。おしゃべりばかりして塾の先生に怒られてたけど。

M： へえ、僕は受験生の時は勉強以外のことなんて、できなかったな。

F： 私も 1) とにかく英単語とか年号とか暗記するのに必死だったよ。でも、今思えばそれはそれで楽だったかも。

M： 記憶力がいい人は余裕だね。

F： 2) そうじゃなくて、大学では自分で考えなさいって言われるから、けっこう大変。

女子学生は高校時代の何がよかったと言っていますか。
1. 塾で友達と勉強したこと
2. 覚えることが勉強だったこと
3. すぐに覚えられたこと
4. 先生に怒られたこと

一位男學生跟女學生正在交談，女學生認為高中時代的什麼很好？

M： 大禮堂今晚 7 點會放映獨立製片的電影，妳要不要去看？

F： 我當然會去囉，因為是我朋友拍的作品。不過，說到 7 點，若是在高中時代，是我去上補習班的時間，我因為上課只顧著聊天，而被補習班老師罵。

M： 哇，我當年準備考試時，除了唸書，其他事都沒辦法做。

F： 是啊，總之就是拼命地背英文單字、年號等等，不過現在想起來，說不定那樣還算輕鬆了。

M： 對記憶力好的人來說輕而易舉呢。

F： 我不是這個意思，人家常說在大學會被要求要自己動腦思考，還滿不容易的。

女學生認為高中時代的什麼很好？
1. 在補習班跟朋友一起唸書
2. 背書就是唸書
3. 可以馬上背起來
4. 惹老師生氣

正解：2

重點解說

女學生在聊高中時代背書這件事時提到1），背書雖然辛苦，但現在回頭看，那還算輕鬆的事。因此答案與背書有關的，只剩選項2及3，而她在最後一句否定了男學生所說的「記憶力がいい人は余裕だね」，可見答案並非是3，而是2。後面又提到2），由此可知她是以在大學講求獨立思考的前提下，認為相較之下高中時代的死背是「楽だった」，因此更可確定答案是2。

5番 MP3 02-02-05

男子学生と女子学生が話しています。女子学生は男子学生がいつかばんをなくしたと考えていますか。	一位男學生跟女學生正在交談，女學生認為男學生是何時弄丟包包的？
M： かばんがなくなっちゃったんだ。どうしよう。	M： 我的包包不見了，該怎麼辦？
F： 学校に忘れ物の係があるでしょう。そこへは行った？それとも電車の中に忘れたの？もしかして、盗まれたの？	F： 學校不是有失物招領處嗎？你去那裡問過了嗎？還是你是忘在電車上了？該不會是被偷了吧？
M： たぶん、学校のコンピューター室だと思うんだ。	M： 我猜可能是在學校電腦室不見的。
F： ええっ、そんなとこで？トイレにでも行って席を離れた時に取られたのかな。	F： 什麼！居然在那種地方被偷的？會不會是你去上個洗手間離開座位時被拿走的？
M： 席を離れたのは、友達に試験のことを聞きに行った時と、プリントした時かな。	M： 我離開座位就只有去問朋友考試的事情時和列印的時候吧。
F： でも、その時は同じコンピューター室の中にいたんでしょう。	F： 可是你那時都還是待在同一間電腦室吧。
M： 1) あっ、昼ごはん食べに行ったときかな。試験前で席を取るのが大変だから、いすにかばん置いたまま……。	M： 啊，會不會是我去吃午飯的時候？考試前位子不好佔，所以我就把包包放在椅子上……。
F： 2) じゃ、その時だとしか考えられないじゃない。自業自得。	F： 那就只有那個時候了，真是活該。

part
2

題型解析

問題1
解答 試題

問題2
解答 試題

問題3
解答 試題

問題4
解答 試題

問題5
解答 試題

女子学生は男子学生がいつかばんをなくしたと考えていますか。

1. 印刷したものを取りに行った時
2. 友達と話していた時
3. お手洗いに行った時
4. 昼ごはんを食べに行った時

女學生認為男學生是何時弄丟包包的？

1. 去拿列印的東西時
2. 正在跟朋友說話時
3. 去上洗手間時
4. 去吃午飯時

正解：4

🔍 重點解說

　　雖然男學生前面提出幾個可能的時間點，但都一一被女學生推翻，而最後男學生在1）提到「昼ごはん食べに行ったときかな」（會不會是我去吃午餐的時候？）後，女學生說「2）じゃ、その時だとしか考えられない」（只能那個時候），可知女學生認定包包就是在去吃午飯的時間點不見的。

6番  02-02-06

女の人と男の人が話しています。女の人はどうして後悔していますか。

M： それ、新しい服？

F： うーん。初めてネットオークションで買ってみたんだけどね。

M： 写真と色が違ってたの？

F： まあ、多少はね。でも、それはしかたがないと思うんだ。デザインも気に入ってるし、オークションなのに、コンビニで受け取れて便利だったしね。

M： へえ、そういうオークションもあるんだ。

F： うん、でも、今度はもっとちゃんと探さなきゃ。こないだ、ぶらぶらしてたら、偶然おなじ服を見つけたの。1) ネットオークションのほうが高いなんて考えてもみなくて。2) その店で買えばよかった。

M： 時々あるんだよね。そういうこと。

一女一男正在交談，女性為什麼感到後悔？

M： 那是新衣服嗎？

F： 嗯，這是我第一次買網拍的東西。

M： 顏色跟照片有不一樣嗎？

F： 多少有一點不同，不過我覺得那也是難免的事，反正我喜歡這個設計，而且網拍還能在便利商店取貨，非常方便。

M： 哇，原來還有這種網拍啊。

F： 嗯，不過，下次我可要睜大眼好好找一找，前幾天我在路上閒逛，結果偶然地看到同樣的衣服，沒想到在網拍買的竟然還比較貴，早知道就在那家店買了。

M： 這種事是常有的。

71

女の人はどうして後悔していますか。

1. 写真と違っていたから
2. 値段が安くなかったから
3. 届くまでに時間がかかったから
4. 似合わなかったから

女性為什麼感到後悔？

1. 因為與照片有出入
2. 因為價格不便宜
3. 因為商品很久才送達
4. 因為不適合

正解：2

 重點解說

　　對話前半段女性提到的都是網拍的優點，但是最後一句提到的2)用了「～ばよかった」句型，表示懊悔之意，可知女性懊悔沒在店裡買，原因正是前句1)的ネットオークションのほうが高い（網拍價格較高）。

7番 🎧 MP3 02-02-07

男の人と女の人が話しています。男の人はどうしてうれしそうなのですか。	一男一女正在交談，男性為什麼而開心呢？
M： おっはよう。	M： 早。
F： お、おはよう。どうしたの？課長にほめられたの？	F： 噢，早安，你怎麼啦？被課長誇獎了嗎？
M： 課長はまだ出社してないよ。いやあ、1) 今朝娘がね。	M： 課長還沒來公司啦，我跟你說，今天早上我女兒……
F： 「パパ、かっこいい」とか言われたの？	F： 誇獎「爸爸好帥！」之類的嗎？
M： それは毎朝言ってくれるんだけど。これ見て。かわいいだろ。	M： 那種話她每天早上都會跟我說，你看看這個，很可愛吧。
F： 娘さん？かわいい。自分で写真撮ったんだ。	F： 好可愛啊，原來是她自己拍的啊。
M： うん、2) 妻に習って初めて自分で送信してみたんだって。	M： 嗯，她說她跟我老婆學了之後，第一次試著自己用手機寄出。
F： 子供って覚えるのが速いわね。	F： 小孩子學習力好強啊。

part
2

題型解析

問題1

解答 試題

問題2

解答 試題

問題3

解答 試題

問題4

解答 試題

問題5

解答 試題

男の人はどうしてうれしそうなのですか。

1. 上司にほめられたから
2. 娘にほめられたから
3. 娘が携帯で写真が送れるようになったから
4. 奥さんが携帯に娘の写真を送ってくれたから

男性為什麼而開心呢？

1. 因為被上司誇獎
2. 因為被女兒誇獎
3. 因為女兒會用手機寄出照片了
4. 因為太太將女兒的照片寄到他的手機裡

正解：3

 重點解說

男性在 1）提到「今朝娘がね」（今早我女兒呀……），可以談話內容是關於女兒，所以開心的原因可能和女兒有關。後來 2）又提到「妻に習って初めて自分で送信してみたんだって」（她說她跟媽媽學了之後第一次用手機寄出。），可知是女兒自己寄出照片。

8番 MP3 02-02-08

女の人が話しています。女の人は一番大切なことは何だと言っていますか。

F ： みなさんは何のためにテニスの練習をしていますか。それは相手に勝つため、そして何よりも今の自分よりさらにつよくなるためではないでしょうか。テニスのトレーニングは毎日、毎日続けなければ意味がありません。でも、時にはつまらなくなることもあるでしょう。そこで、単調なトレーニングを少しでも楽しく行うために、音楽を聞きながら練習する方法があります。でも、これだと、今、自分がどの部分を鍛えているのか、この練習が実際の試合のどんな場面で使えるのか、集中して考えることは難しいです。1）つまり、2）毎日の練習を試合でどう活かすのかを意識することがさらに強くなる鍵なんですね。

一位女性正在說話，她認為最重要的是什麼呢？

F ： 各位練習網球的目的為何？是為了擊敗對手，還有最重要的是為了變得比現在的自己更強吧。網球如果沒有日復一日持續訓練的話，就沒有任何的意義，但是，有時你們也會感到訓練變得枯燥乏味吧。因此有種方法可以使單調的訓練變得有趣，那就是邊聽音樂邊進行練習。不過，這種方法很難集中精神去思考現在自己鍛鍊的是哪一個部分？這個練習可以運用在實際比賽中的哪一個情況？也就是說，自我思考如何將每天的練習運用發揮在比賽上，就是增強自己實力的重要關鍵。

73

女の人は一番大切なことは何だと言っていますか。

1. トレーニングを休まないこと
2. 楽しくトレーニングするためのヒントを自分で見つけること
3. 試合で活用することを考えながらトレーニングすること
4. 強くなりたいと意識しながらトレーニングすること

女性認為最重要的是什麼呢？

1. 不懈怠地訓練
2. 自己找出快樂練習的啟發
3. 一邊思考如何運用於比賽上一邊進行練習
4. 一邊提醒自己要增強實力一邊進行練習

正解：3

🔍 重點解說

通常「つまり」表示的是說話者自行歸納整理後做出的結論。而女性做出的結論從 2）的「鍵」（重要關鍵）可知是句子前半部說的每天的練習如何在比賽中發揮。

9番 🎧 MP3 02-02-09

男の人と女の人が話しています。男の人はどうしてきょう早く会社に着いたのですか。

F： あれ、今朝はいつもより早いですね。朝一で会議が入ってましたっけ？

M： ううん、ちょっと早めに出たんで。

F： 早起きしたんですか。

M： 1）うん、兄が旅行に行くんで、車で送ってほしいって言われてね。バス乗り場に寄って、会社に来たんだけど、ちょっと早く家を出ただけで道が空いてて、いつもより20分も早く着いたんだ。三田係長もびっくりしてたよ。

一男一女正在交談，男性為何今天提早到公司呢？

F： 咦？你今天早上比平常早到耶，你一早就有會議嗎？

M： 沒有，我只是因為提早出門了。

F： 你今天早起了嗎？

M： 對，我哥哥要去旅行，叫我開車送他，所以我順道送他去巴士站，就來公司了。因為提早一點出門，路上沒什麼車，所以比平常早到20分鐘。三田股長也很驚訝我這麼早到呢。

part 2

題型解析

問題1 解答 試題

問題2 解答 試題

問題3 解答 試題

問題4 解答 試題

問題5 解答 試題

F ： へえ、私もいつもギリギリだから、あしたから早めに出てみようかな。

M ： いいかもよ。電車も道も込んでないから、イライラすることもないしね。僕も今朝は生活習慣を変えるのもいいなって思ったよ。

男の人はどうしてきょう早く会社に着いたのですか。
1. 朝9時から会議があるから
2. 家族をバス停まで送ってから来たから
3. 生活習慣を変えようと思ったから
4. 遅刻が多いと注意されたから

F ： 哇，我也總是都快遲到了才到公司，明天開始試著提早出門好了。

M ： 這樣可能比較好喔，電車和路上都不塞，心情也不會焦躁不安。我今天早上也在想改變生活習慣也不錯啊。

男性為何今天提早到公司呢？
1. 因為早上9點要開會
2. 因為送家人到巴士站後直接來公司
3. 因為他想改變生活習慣
4. 因為被警告太常遲到了

正解：2

 重點解說

男性在1）對話中提到的內容，可知他今天提早到公司的原因。

10 番 （MP3） 02-02-10

女の人が話しています。デパートにいる時、地震が起きたらどうすればいいと言っていますか。

F ： 日本は地震が多い国です。外にいる時に地震が起きたらどうしたらいいでしょうか。窓ガラスや看板が落ちてくることがありますので、上着やかばんなどで頭を保護しながら、安全なところに避難しましょう。海岸や川の近くなどにも近づかないようにしましょう。たとえ、50センチの津波でも車を流しさる力があります。

一位女性正在說話，她說在百貨公司裡，如果突然發生地震時該怎麼辦才好？

F ： 日本是地震頻繁的國家，當你在外遇到地震時該怎麼做才好呢？有時會有窗戶的玻璃或招牌掉落，所以要一邊以外套或包包等物品保護頭部，一邊往安全的地方避難，也儘量不要靠近海濱或河川附近，即使是50公分高的海嘯，也是具有沖走汽車的威力。

1) スーパーやデパートなどにいる場合は、人が多いですが、あわてず、非常口を確認しましょう。そして、階段を使う場合も駆け降りないようにします。車の運転中の場合は、周りの車に注意しながら、道路の左側か空き地に車を止めましょう。

在超市或百貨公司等地方時，人潮雖然眾多，但是不要驚慌，要仔細確認逃生口，還有利用樓梯逃生時，要注意不要爭先恐後。而正在駕駛車輛行進中時，要一邊小心四週車輛，一邊將車停在道路左側或空地。

デパートにいる時、地震が起きたらどうすればいいと言っていますか。
1. 非常口の位置を確認して、走らずに避難する
2. 走らずに人が少ないところに避難する
3. ガラスに注意しながら、外に出る
4. 周りの車に注意しながら空き地に避難する

她說在百貨公司裡，如果突然發生地震時該怎麼辦才好？
1. 確認逃生口的位置，鎮定移動避難
2. 鎮定地往人少的地方避難
3. 一邊小心玻璃一邊往外移動
4. 一邊留意四週的車輛一邊往空地避難

正解：1

 重點解說

問題問的是在百貨公司遇到地震的對策，因此只要專注聽百貨公司的部分就好。從 1）可找到答案。

11 番 MP3 02-02-11

2人の先生が話しています。2日目に雨が降った場合はどうすると言っていますか。

M： 秋の旅行、みんな楽しみにしていますよ。1日目の文化体験ってどんなものがあるんですか。

F： お茶碗やお皿に絵をかいたり、和紙を作ったりする手作り体験だそうですよ。

兩位老師正在交談，他們談到第2天如果下雨的話要怎麼辦呢？

M： 大家都很期待秋季旅行耶，第1天的文化體驗的內容是什麼？

F： 聽說是在碗或盤子上作畫，或是製作和紙的手作體驗喲。

part 2

題型解析

問題1

試題 解答

問題2

試題 解答

問題3

試題 解答

問題4

試題 解答

問題5

試題 解答

M： 2日目はテーマパークとなっていますが、雨が降っても行くんですか。

F： 雨だとジェットコースターなどの屋外の施設は中止になりますからね。

M： 雨の場合は、1日目と予定を入れ替えることはできないんですか。

F： 文化体験は予約制ですから、それは無理でしょう。でも、テーマパークは予約は入れないそうです。1) お天気が悪い場合は、屋内施設だけでもいいからテーマパークに行きたい人はそちらへ、宿泊施設の近くに江戸博物館があるので、そちらに行くこともできるそうですよ。

M： 希望によって、選べるんですか。なるほど。

2日目に雨が降った場合はどうすると言っていますか。

1. テーマパークの屋内施設を利用する
2. テーマパークは中止して、博物館へ行く
3. テーマパーク、博物館のいずれか自分が希望する施設へ行く
4. 文化体験、テーマパーク、博物館のいずれか自分が希望する施設へ行く

M： 第2天預計是去主題樂園，即使下雨也還是要去嗎？

F： 如果下雨的話，雲霄飛車之類的戶外遊樂設施就會停駛了。

M： 如果遇到下雨，不能跟第1天的計畫對調嗎？

F： 文化體驗是預約制的，所以應該沒有辦法改，不過聽說主題樂園不用預約，天候不好時，覺得只玩室內的遊樂設施也可以的話，那麼想去主題樂園的人就去主題樂園，聽說我們住的旅館附近有江戶博物館，所以也可以去那裡參觀啊。

M： 意思是可以依個人的意願選擇嗎？原來如此。

他們談到第2天如果下雨的話要怎麼辦呢？

1. 使用主題樂園的室內遊樂設施
2. 取消去主題樂園，改去博物館
3. 讓大家按照自己意願選擇去主題樂園或博物館
4. 讓大家按照自己意願選擇文化體驗、主題樂園或博物館

正解：3

重點解說

從女老師在1）的對話中，可知下雨時可自由選擇去主題樂園或江戶博物館。

12 番　MP3 02-02-12

男の人と女の人が話しています。男の人は何のためにヨガを始めたいのですか。

M： 最近ヨガに興味があるんですけど、山崎さんの通ってる教室に男性はいます？

F： ええ、信じられないかもしれないけど、今は3分の1が男性ですよ。今度ぜひ見学に来てください。健康のため、美容のためと目的は様々ですけどね。

M： ヨガの目的は精神的な部分もあると思うんですが、1) 実は僕、運動音痴なんで、ヨガならできるかなって思ったのがきっかけなんです。

F： そうですか。

M： 大学を出てから、運動らしい運動もしてこなかったので、2) まず、この贅肉を落として、体をすっきりさせようと思ってます。

F： ヨガを続ければ、無駄なお肉も取れると思いますよ。私が通ってる教室は見学自由なんで、いつでも都合のいい時に来てください。

男の人は何のためにヨガを始めたいのですか。

1. 健康な体を保つため
2. 体を柔らかくするため
3. 気持ちを落ち着かせるため
4. ダイエットのため

一男一女正在交談，男性為何想開始練瑜伽呢？

M： 我最近對瑜伽產生興趣，山崎小姐妳上的瑜伽教室裡有男性學員嗎？

F： 有，你可能不信，現在有3分之1都是男性喔，你下次一定要來參觀看看。有的人是為了健康，有的人是為了美容，大家學瑜伽的目的有很多種。

M： 我認為學瑜伽的目的也有精神層面的，不過其實我是運動白癡，所以我想瑜伽的話，我可能做得來，因而才會想學瑜伽。

F： 原來如此。

M： 大學畢業之後，我都沒有做稱得上運動的運動，所以我想先消除贅肉，讓身體線條顯得俐落。

F： 如果持續做瑜伽的話，多餘的贅肉應該可以消除喔。我上的瑜伽教室可以自由參觀，你方便的時候隨時都可以來看看。

男性為何想開始練瑜伽呢？

1. 為了保持健康的身體
2. 為了使身體柔軟
3. 為了使心情平靜
4. 為了減重

正解：4

part
2

題型解析

問題
1

解答　試題

問題
2

解答　試題

問題
3

解答　試題

問題
4

解答　試題

問題
5

解答　試題

重點解說

　　問題問的是男性的目的，因此只要專注聽男性在對話中提及跟目的相關的關鍵字眼即可。在1）雖然男性提到因為做得來所以學，但無法從選項中找到答案。關鍵在2）的內容「贅肉を落とす」，也就是減重。

もんだい
問題3

考你什麼？

　　「問題3」可能是一段論述，要你從論述邏輯中掌握說話者的主張和意見。可以先從職業、狀況來推測提問，例如若談話者是政治家，那麼問題有可能是他的政見主張，因此取談話內容時，首要注意「談話主張」「談話主題」。

　　要注意，本題型題目只唸一次，在整段論述或對話結束後；且答題選項也無文字或圖，全憑聽力。

要注意什麼？

✔ 本大題開始前會先播放例題，讓你了解答題流程。注意例題不需作答。

✔ 本題型在問題用紙（試題本）上沒有任何圖畫或文字，必須用聽的從4個選項中判斷文章談話重點。

✔ 出題方向可能會針對說話者的想法、主張或意見。

✔ 把握文章的主軸和重點，在這個題型裡是很重要的。

圖解答題流程

注意！一開始不會先提出問題

問題此時才出現

1 聽談話的情境提示

2 仔細聽談話內容邊作重點筆記

3 聆聽提問問題

4 仔細聆聽從 4 個選項中選擇答案

れい

1 女子学生が先生と話しています。

2
F ： 先生、今ちょっとよろしいでしょうか。
M ： はい、何ですか。
F ： あのう、これ先週お借りしてた本なんですが。
M ： ああ、わざわざありがとう。授業の時に返してくれてもよかったのに。
F ： いえ、お借りする時は 1 週間ほどお借りしたいと言ったんですが。
M ： まだ読み終わってないの？
F ： はい、それで、もしよろしければ、もう 1 週間お借りしたいと思っているんですが、えっと、先生が必要かもしれないから、お聞きしないとと思って。
M ： それでわざわざ、本を持って聞きに来たわけか。いいですよ。
F ： 本当ですか。じゃ、来週は必ずお返しします。

3 女子学生は何のために研究室に来ましたか。

4
1. 先週借りた本を返すため
2. 本を来週まで貸してもらうため
3. 本を持ってくるのを忘れたのを謝るため
4. 先週借りた本のお礼を言うため

4

問 題 3				
例	①	●	③	④
1	①	②	③	④
2	①	②	③	④
3	①	②	③	④
4	①	②	③	④
5	①	②	③	④

⏰ **注意**

✔ 問題 3 題型共 5 題，本練習共 10 題。

✔ 每題僅播放一次。

✔ 每題播放結束後，約 10 秒為作答時間。

✔ 問題用紙（試題本）上沒有任何圖畫或文字，必須仔細聆聽 MP3 邊在問題用紙上作筆記。

もんだい
問題 3 🎧 MP3 02-03-00

　問題 3 では、問題用紙に何もいんさつされていません。この問題は、全体としてどんな内容かを聞く問題です。話の前に質問はありません。まず話を聞いてください。それから、質問とせんたくしを聞いて、1 から 4 の中から、最もよいものを一つ選んでください。

ばん
1 番 🎧 MP3 02-03-01

ばん
2 番 🎧 MP3 02-03-02

3番 MP3 02-03-03

4番 MP3 02-03-04

5番 MP3 02-03-05

ばん
ばん
ばん

part 2

題型解析

問題1

試題 解答

問題2

試題 解答

問題3

試題 解答

問題4

試題 解答

問題5

試題 解答

6番 MP3 02-03-06

7番 MP3 02-03-07

8番 MP3 02-03-08

9 番 （MP3）02-03-09

10 番 （MP3）02-03-10

問題3　スクリプト詳解

（解答）	1	2	3	4	5	6	7	8	9	10
	1	2	1	1	4	3	3	4	3	1

（M：男性　F：女性）

1番 🎧MP3 02-03-01

男の人が話しています。

M：新聞にはたくさんの情報が載せられています。しかし、1) それを隅から隅まですべて読むことは不可能です。新聞には確かにさまざまな記事がありますが、自分にとって必要なものはそんなに多くはないはずです。新聞の読み方が分からないという方は、まず自分の興味のあるところや、仕事に関係がある記事を読んでみましょう。2) 毎日同じテーマの記事を興味を持って読んでいくと、自然に効率よく読む方法が身についてきます。

一位男性正在說話。

M：報紙上刊載了許多資訊，然而要將所有資訊鉅細靡遺地看完是不可能的。報紙上的確有各類報導，但是對每個人來說有用的資訊應該並沒有那麼多。不知道該如何閱報的人，就先從自己有興趣的部分、跟工作有關的報導開始看起吧。當你每天抱持興趣閱讀相同主題的報導時，自然而然地就培養出效率良好的閱報方法。

男の人は何について話していますか。
1. 新聞を早く読む方法
2. 新聞を仕事に活用する方法
3. 新聞を読んで理解する方法
4. 新聞を読む習慣を身につける方法

男性的談話是關於什麼的內容？
1. 快速閱報的方法
2. 將報紙活用於工作的方法
3. 讀報並理解的方法
4. 培養閱報習慣的方法

正解：1

 重點解說

　　從 1）可知男性認為要把報紙從頭到尾看過是不可能的，也就是說資訊太多沒有時間一一閱讀。關鍵字在 2）的「效率」答案當然呼之欲出了。

2番 MP3 02-03-02

女子学生と男子学生が話しています。

F： 大学まで片道2時間かかるから、一人暮らししようかと思ってるんだけど。

M： 往復4時間は大変だね。でも、一人暮らしもお金かかるよ。

F： 1) 家賃と光熱費でしょう？両方で7万円ぐらい？

M： 安いところが見つかればだけどね。2) それ以外に、食費、友達と食事に行ったりする時に使う交際費、服や本を買ったりするお金もいるし。

F： そうだね。自炊するにしても、お金はかかるもんね。

M： お金の面からすると、自宅から通うほうが絶対お得だよ。

F： そうね。家を出ることより、往復の通学時間の有効利用を考えたほうがよさそうね。

2人は何について話していますか。
1. 男子学生の1月の生活費について
2. 一人暮らしに必要なお金について
3. 自宅から通学する利点について
4. 通学時の時間の使い方について

女學生與男學生正在交談。

F： 我到大學單程就要花2小時了，所以我打算搬出去一個人住。

M： 來回4小時好累啊，不過，一個人住很花錢喔。

F： 要負擔房租和電費瓦斯費吧，兩個加起來大概要7萬元吧。

M： 如果找得到便宜的房子就好了，除了這些費用，還有伙食費、和朋友聚餐之類的交際費、治裝費、書籍費等支出。

F： 說的也對，即使自己做飯，也是要花錢的。

M： 從金錢方面來考量的話，住家裡通學絕對是比較划算啊。

F： 是啊，看起來與其搬出去住，不如思考如何有效利用往返通學的時間還比較實在呢。

兩人討論的話題是什麼？
1. 關於男學生1個月的生活費
2. 關於一個人在住外居住需要的花費
3. 關於從自己家裡通學的優點
4. 關於通學時間的利用方法

正解：2

　　不論男女學生，第一句話都提及一個人住，因此可知兩人討論的話題可能跟獨立租屋生活有關，接下來在1）2）的對話中陸續出現各種費用，可確定兩人討論的主題是一個人生活的花費。

3番 MP3 02-03-03

男の人と女の人が話しています。

M： よく自分の名刺は片手で渡して、相手の名刺は両手でもらうって言いますけど、同時に名刺を出した場合、両手でもらうのは無理ですよね。

F： 本当に同時に差し出した時は、1）右手で自分の名刺を渡して、左手で相手の名刺を受け取ることになるけど、2）受け取ったら、すぐに右手を添えるようにすればいいわ。

M： ああ、なるほどね。

F： あと、名刺をいただいてから、名前の読み方や、会社の住所などを話題にして会話をすると、その場の硬い雰囲気を和らげることができるわ。

M： 3）相手の名前を覚えるために、テーブルの上に置いておくのはマナー違反ですか。

F： ううん、大丈夫。でも、名刺を汚してしまうのは失礼だから、4）名刺にルビをふったり、お会いした日付を書き込んだりするのは会社に帰ってからにしたほうがいいと思いますよ。

M： はい、よくわかりました。

一男一女正在交談。

M： 大家常說自己的名片以單手遞給對方，而對方的名片要以雙手收下，但是同時遞名片時，很難以雙手收下啊。

F： 當雙方真的同時遞名片時，會是以右手遞出自己的名片，左手接下對方的名片的情況，但是只要對方一收下名片，自己的右手立刻遞補上去收下就可以了啊。

M： 啊，原來如此。

F： 還有收到名片之後，以名字的讀音或公司地址等為話題，這樣可以緩和當場的嚴肅氣氛。

M： 為了記住對方的名字，而將名片擺在桌上會失禮嗎？

F： 不會，那是沒關係的。不過，弄髒對方名片是很失禮的，所以最好是回到公司後，才在名片上標上對方名字的讀音，或是寫上見面日期喔。

M： 好，我瞭解了。

part
2

題型解析

問題1
解答 試題

問題2
解答 試題

問題3
解答 試題

問題4
解答 試題

問題5
解答 試題

ふたりなにはな
2人は何について話していますか。

1. めいしこうかんときちゅういてん
名刺交換する時の注意点
2. めいしこうかんときわだい
名刺交換する時の話題
3. めいしこうかん
名刺交換のタイミング
4. めいしこうかんなまえおぼほうほう
名刺交換してすぐ名前を覚える方法

兩人談論的話題是什麼？

1. 交換名片時的注意事項

2. 交換名片時的話題

3. 交換名片的時機

4. 交換名片之後立刻記下對方名
字的方法

正解：1

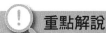 **重點解說**

1）2）可知在說明交換名片時的技巧。接著3）談論收到名片後的禮儀問題，最後4）同樣圍繞在名片的留意事項。綜合以上線索可知答案是選項1。

4番 MP3 02-03-04

おんなひとはな
女の人が話しています。

F ： しょうしか少子化ということば言葉はみなさんき聞いたことがあるとおも思いますが、1）そのつか使われかた方はさまざまです。2）たんただ単にこども子供のかず数がへ減っていることや、しゅっしょう出生りつ率がげんしょう減少することとしてつか使っているひと人もいれば、3）こうれいしゃ高齢者よりもこども子供のわりあい割合がすく少ないことだとかんが考えているひと人もいます。4）また、とうけいてき統計的にはじょせい女性がいっしょう一生のあいだ間にう産むこども子供のかず数が、ちょうきてき長期的にじんこう人口がぞうげん増減しないすいじゅん水準をおお大きくしたまわ下回ることをいみ意味します。5）にほん日本ではじょせい女性がいっしょう一生のあいだ間にう産むこども子供のかず数は1.3前後、ちょうきてき長期的にじんこう人口がぞうげん増減しないすいじゅん水準はにてんいち2.1ていど程度です。

一位女性正在說話。

F ： 我想各位都聽過「少子化」這個名詞，但是它所代表的意思有很多種。有人認為它就只是表示小孩的人數減少，或是出生率下降的意思，也有人認為它表示小孩所占的人口比率比高齡人口少。另外，就統計學上來說，少子化還代表了女性一生所生下的小孩人數，遠低於長期性的人口成長無增無減的持平水準。在日本，女性一生所生下的小孩人數是1.3人左右，長期性的人口成長無增無減的持平水準是2.1人左右。

女の人は何について話していますか。
1. 少子化という言葉の使われ方について
2. 高齢者と子供の割合について
3. 少子化の正しい定義について
4. 日本の女性が一生の間に産む子供の数について

女性談話的內容是什麼？
1. 關於少子化這個名詞的意思
2. 關於高齡人口與小孩的比率
3. 關於少子化的正確定義
4. 關於日本女性一生所生的小孩人數

正解：1

 重點解說

　1）直接點出少子化所代表的意思有很多種，並隨即提出 2）3）4）三種不同的解釋，最後 5）雖然提到日本的現況，但只不過是補充說明，並非談論的主題。

5番 🎧 MP3 02-03-05

男の人が話しています。

M：両親がそろってテニスが好きだったこともあり、私は幼い頃からテニスに親しんできました。テニスは野球やサッカーと違って、1）少人数でもでき、個人でも試合に参加できます。2）練習方法も素振りや壁打ちなど1人でできるものが多いです。3）ストレス解消になるのはもちろんですが、練習や試合を通して学校以外の人とも知り合えますし、ポイントしたときやサーブが決まった時の気持ちは何とも言えません。また、4）テニスは生涯スポーツとも呼ばれていて、子供からお年寄りまで楽しめます。私も両親のようにずっとテニスを続けていきたいと思っています。

一位男性正在說話。

M：我爸媽曾經都很喜歡打網球，因此我從小時候開始就很喜愛網球。網球與棒球、足球不同，人數少也能打，個人也能參加比賽。練習方法當中揮拍或對牆打等一個人可以做的練習也不少。不但可以消除壓力，還可以透過練習和比賽，結識學校以外的人，還有得分和發球成功時開心的心情真的是難以形容。另外，網球也被稱做一生的運動，從小孩到老人都能打。我希望自己也能像父母一樣持續地打網球。

<ruby>男<rt>おとこ</rt></ruby>の<ruby>人<rt>ひと</rt></ruby>は<ruby>何<rt>なに</rt></ruby>について<ruby>話<rt>はな</rt></ruby>していますか。

1. テニスを<ruby>始<rt>はじ</rt></ruby>めたきっかけ

2. テニスのルール

3. テニスの<ruby>練習方法<rt>れんしゅうほうほう</rt></ruby>

4. テニスの<ruby>魅力<rt>みりょく</rt></ruby>

男性說話的主題是什麼？

1. 開始打網球的原因

2. 網球的規則

3. 網球的練習方法

4. 網球的魅力

正解：4

 **重點解說**

　　前面雖然曾提及開始打網球的原因，但並非主要的話題，接下來在1）2）3）陸續談及網球一個人也能打、能排遣壓力、可以交友、打網球的快樂等等，從許多方面說明打網球的好處，最後4）一句話說明了對網球的想法。整段內容的主題與網球的魅力有關。

6番 MP3 02-03-06

<ruby>女<rt>おんな</rt></ruby>の<ruby>人<rt>ひと</rt></ruby>と<ruby>男<rt>おとこ</rt></ruby>の<ruby>人<rt>ひと</rt></ruby>が<ruby>話<rt>はな</rt></ruby>しています。

F ： <ruby>日本<rt>にほん</rt></ruby>では<ruby>結婚<rt>けっこん</rt></ruby>したら、<ruby>女<rt>おんな</rt></ruby>の<ruby>人<rt>ひと</rt></ruby>が<ruby>男<rt>おとこ</rt></ruby>の<ruby>人<rt>ひと</rt></ruby>の<ruby>名字<rt>みょうじ</rt></ruby>に<ruby>変<rt>か</rt></ruby>えないといけなんですか。

M ： <ruby>法律<rt>ほうりつ</rt></ruby>ではどちらかの<ruby>姓<rt>せい</rt></ruby>に<ruby>変<rt>か</rt></ruby>えるとなってるから、<ruby>男性<rt>だんせい</rt></ruby>が<ruby>女性<rt>じょせい</rt></ruby>の<ruby>名字<rt>みょうじ</rt></ruby>を<ruby>名乗<rt>なの</rt></ruby>ってもいいんです。でも、ほとんどはさっきアンさんが<ruby>言<rt>い</rt></ruby>ったように<ruby>女性<rt>じょせい</rt></ruby>が<ruby>変<rt>か</rt></ruby>える<ruby>場合<rt>ばあい</rt></ruby>が<ruby>多<rt>おお</rt></ruby>いですね。1）<ruby>僕個人的<rt>ぼくこじんてき</rt></ruby>には、<ruby>変<rt>か</rt></ruby>えても<ruby>変<rt>か</rt></ruby>えなくてもいいような<ruby>制度<rt>せいど</rt></ruby>ができるといいと<ruby>思<rt>おも</rt></ruby>っていますが。

F ： 2）<ruby>私<rt>わたし</rt></ruby>もどちらかが<ruby>変<rt>か</rt></ruby>えなければいけないのは<ruby>強制<rt>きょうせい</rt></ruby>されているようで、<ruby>好<rt>す</rt></ruby>きではありません。3）<ruby>例<rt>たと</rt></ruby>えば、<ruby>結婚<rt>けっこん</rt></ruby>するときに<ruby>夫婦<rt>ふうふ</rt></ruby>で<ruby>新<rt>あたら</rt></ruby>しい<ruby>名字<rt>みょうじ</rt></ruby>を<ruby>付<rt>つ</rt></ruby>けるというのはどうでしょうか。

一女一男正在交談。

F ： 在日本結婚之後，太太的姓氏就必須改成先生的嗎？

M ： 法律規定是可以改成男女雙方中任一方的姓氏，所以先生也可以改成太太的姓氏。不過，幾乎都是如妳剛才所說的，是太太改姓氏的情況比較多。我個人認為如果有規定姓氏無論改不改都可以的制度是最好的了。

F ： 我也覺得必須改成男女雙方其中一方的姓氏，感覺好像是被強制似的，我不是很喜歡。假如結婚時夫妻能一起取個新的姓氏，你覺得如何呢。

M： 4）それも、旧姓、つまり元の名字ではなくなるという点では同じだから、職場で不便なことが起こったり、免許証などを書き換えなければならないので面倒だと思いますよ。

F： そうですね。やはり、5）制度を改正するのは簡単なことではありませんが、みんなが納得するまで議論を続けていくべきですね。

女の人はどう考えていますか。
1. 男女どちらかの名字に変えるべきだ
2. 名字を変えた方は職場で旧姓を名乗ればいい
3. 名字についてよりよい方法を考えていくべきだ。
4. 夫婦で新しい名字を名乗るべきだ

M： 那跟改掉舊姓，也就是改掉原本的姓氏是一樣的，職場上會有很多不便之處，還要更新駕照等等的，非常麻煩。

F： 說的也是，修改制度果然不是件容易的事，應該要不斷討論直到大家都能接受為止。

女性的想法為何？
1. 應該改為男女雙方其中一方的姓氏
2. 改了姓氏的人在職場上用舊姓就好
3. 與其圍繞在姓氏，應該思考更好的方法
4. 應該要夫妻一起改個新的姓氏

正解：3

重點解說

對話的主題主要是針對結婚後夫妻雙方改姓氏的問題來討論，男性首先有提到現行法律規定可以改成夫妻雙方其中任一方的姓氏，男女雙方對目前的制度都反對，且各自提出看法。在1）中男性的看法是希望有無論改不改姓氏都可以的制度，緊接2）女性也認為現行的制度宛如強制改姓，贊同男性的想法，3）則更進一步提出夫妻一起改成新的姓氏的創新想法，但遭到男性以太麻煩為由反駁，因此選項4並不成立。女性在5）最後一句結論是關鍵，「制度を改正するのは簡単なことではありませんが、みんなが納得するまで議論を続けていくべきですね」，這裡提到的「制度」就是前面男性提到的「希望有無論改不改姓氏都可以的制度」。

7番 MP3 02-03-07

男の人が話しています。

M： 聞くだけで英語が上達する教材が人気ですが、本当に聞くだけで話せるようになるのか疑問に思っている人もいるでしょう。聞くだけなら、通勤、通学時間にもできますし、聞き取りはやはり難しいので、やってみたいと思う人も多いようです。その学習法ですが、まず、一字一句聞き取ろうと思わず、その音に慣れるようにしましょう。外来語と英語では発音もずいぶん違いますので、そこにも気をつけましょう。1) 聞く力がつくと話す力も伸びてきますので、聞く練習ばかりでなく、英会話学校などに行って話す練習もしていきましょう。先生やクラスメートと楽しく学べますし、先生の発音を真似したり、直してもらったりできるからです。

男の人はどう勉強するべきだと言っていますか。
1. 全ての単語が聞き取れるまで何回も聞くべきだ
2. 聞き取りができるようになってから、話す練習をするべきだ
3. 聞く練習をしながら、話す練習もするべきだ
4. クラスメートと聞く練習をするべきだ

一位男性正在說話。

M： 只靠聽力，英語就能大有進步的教材受到大家的歡迎。不過應該有人會懷疑「真的只靠聽就能開口說英語嗎？」。如果只是用耳朵聽的話，通勤、通學時間就能輕鬆辦到，而且聽力訓練很不容易，於是大家都對這種教材躍躍欲試。我們來談談這種學習方法，首先不要想去聽懂每一字每一句，而是試著去適應聲音，外來語和英語的發音相當不同，所以要留意這一點仔細聽。當聽力養成時，說話的能力也會進步，不僅練習聽力，上英語補習班練習一下口說能力吧。因為在補習班可以和老師、同學快樂地學習，也可以模仿老師的發音、接受指正。

男性認為應該如何學習英文？
1. 應該要不斷聽直到聽懂全部的單字為止
2. 培養聽力之後，應該練習口說
3. 應該邊練習聽力邊練習口說
4. 應該跟同學一起練習聽力

正解：3

 重點解說

　　談話的前半部似乎都在描述聽力練習的方法，但是後面1）的內容，才點出男性的想法，他認為聽力與口說能力必須同時並進。

題型解析

問題1
試題 解答

問題2
試題 解答

問題3
試題 解答

問題4
試題 解答

問題5
試題 解答

8番 MP3 02-03-08

女の人と男の人が原子力発電所について話しています。	一女一男正在談論核能發電廠。
F： 原子力発電所についてのアンケートなんですけど、いちばん少ないのは増やすべきっていう意見ですね。次いで多いのが、すぐなくすべきという意見。	F： 關於核能發電廠的問卷調查結果，覺得應該要增加核能發電廠的人最少，第2多的意見是認為應該立即停止核能發電。
M： 1) 僕も増やすのには賛成できないけど、すぐ操業停止っていうのも極端だと思うな。	M： 我也不贊成增設核能發電廠，但是要核能發電廠立即停止運作的作法也有點極端。
F： すぐやめると電力が足りなくなるから、そう考えている人が多いね。	F： 似乎有不少人認為如果立即停止運作的話，就會造成電力短缺。
M： っていうことは、森田さんは反対派？すぐやめたほうがいいって考え？	M： 也就是說妳是持反對意見嗎？妳也認為最好是立即停止運作嗎？
F： 2) ううん、すぐっていうのは現実的に無理があるでしょう。原子力に代わるエネルギーも、今すぐってわけにはいかないし。	F： 沒有，要立即停止核電運作現實上是有困難的，也沒有能源可以立即取代核能。
M： 3) 50 基以上ある原子力発電プラントを将来縮小していくという前提で、エネルギー政策を考える必要があるね。	M： 在現有的 50 座核能反應爐未來將縮小規模的前提下，必須要好好思考能源政策了。
F： 4) 消費電力を抑える商品の開発や、家庭での省エネも続けながらね。	F： 當然也要持續研發省電商品以及進行家庭裡的節能政策。

2人はどうするべきだと考えていますか。

1. 原子力発電所を増やすべきだ
2. 原子力発電所をすぐに閉鎖すべきだ
3. 原子力発電所の数は今のままでいい
4. 原子力発電所は徐々に減らすべきだ

兩人認為應該要怎麼做？

1. 應該要增設核能發電廠
2. 應該要立即關閉核能發電廠
3. 維持目前的核能發電廠的數量
4. 應該要慢慢減少核能發電廠

正解：4

🔍 重點解說

　　從開頭的問卷調查結果，可知兩人談論的主題應該是核能電廠的存廢問題。男性提到1）的內容，後來女性也提到2）的內容，可見兩人都不贊成核電廠立即停工，但也不贊成增設。最後男性提到3）後兩人各自提出在此前提下應該怎麼做的想法，可見兩人都認為將來要縮小核電廠規模。

9番 🎧MP3 02-03-09

男の人と女の人が話しています。

F ： お客様に喜んでいただくって、なかなか難しいですね。

M ： 買ってもらうことより、喜んでもらうことのほうがはるかにね。

F ： 商品知識が増えると、自分の好みでおすすめしてしまいがちなんです。

M ： うん、1）商品知識を勉強して、どんな質問にも答えられるのはいいことだけど、お客様に共感することこそが大切なんだ。

F ： 2）ああ、お話しながら、お客様がどんなものを必要としているかを聞いていかなきゃだめなんですね。

M ： そういうこと。

一男一女正在交談。

F ： 要讓顧客滿意真的不是件容易的事啊。

M ： 比起讓顧客消費，讓顧客滿意真的是困難多了。

F ： 對商品瞭解越多，往往就會根據自己的喜好向顧客推薦。

M ： 嗯，熟悉商品的相關知識，能夠輕鬆解說各種問題固然是好，但是取得顧客的共鳴才是最重要的啊。

F ： 喔，你是說在跟顧客介紹商品的同時，必須要詢問顧客的需求嗎？

M ： 沒錯。

F ： やっぱり、服が好きなだけじゃ仕事はできませんね。

M ： 好きだけではだめだけど、好きだからこそ、勉強したり、続けたりできるんじゃないかな。

男の人が一番言いたいことは何ですか。
1. 商品について勉強することが大切である
2. 商品を好きにならなければならない
3. お客様の意見をよく聞くべきである
4. お客様を好きにならなければ、いい仕事はできない

F ： 果然單單只憑喜歡服裝這點，是沒辦法勝任這份工作。

M ： 只憑喜歡是不夠的，不過正因為喜歡，才有可能努力學習、持續堅持下去吧。

男性最想表達的意思是什麼？
1. 瞭解商品是很重要的
2. 必須要喜歡商品
3. 必須好好地詢問顧客的意見
4. 如果不喜歡顧客的話，是沒辦法作好工作的

正解：3

重點解說

1）可知男性認為取得顧客的共鳴才重要，而女性順著他的話推論出 2）的內容，男性表示肯定，因此答案是選項 3。

10 番 MP3 02-03-10

女の人が話しています

F ： 学期末になると、レポートの課題が増えて大変ですね。インターネット上や図書館には情報が山ほどありますが、自分にとって必要なものを選び出すのは並大抵ではありません。1）そんな時、おすすめしたいのがこの方法。同じテーマの本を2冊読むというものです。その2冊は同じテーマでありながら、共通点と相違点があるはずですから、それをまず述べて、最後に自分の意見を書きましょう。

一位女性正在說話。

F ： 相信大家一到了期末，都為了堆積如山的報告焦頭爛額。雖然網路上或圖書館有許多資料，但是要篩選出自己要用的資料並非易事。遇到這種情況時，我推薦大家一個好方法，就是閱讀兩本相同主題的書，這兩本書雖然主題相同，但應該還是會有相同點與相異點，先論述相同點及相異點，最後再表達自己的的意見。

もちろん、書きながら知りたい項目が出てきたら、ほかの文献を探せばいいと思います。2) ただし、アンケート調査などを行わなければならないレポートはこの限りではありません。

女の人はまずどうすればいいと言っていますか。
1. 同じテーマの本を2冊読んでみるといい
2. 違うテーマの本を2冊読んでみるといい
3. 同じテーマの本を2冊読んで、アンケートをするといい
4. レポートを書きながら、本当に知りたいことを考えるといい

当然在書寫過程中若是發現問題點時，再查其他文獻即可。但是需要進行問卷調查的報告不在此限。

女性認為首先應該怎麼做？

1. 閱讀兩本主題相同的書

2. 閱讀兩本不同主題的書

3. 閱讀兩本主題相同的書後，再做問卷調查即可

4. 一邊撰寫報告，一邊思考真正想要瞭解的事即可

正解：1

 重點解說

　本篇談論的主題是關於迅速篩選資料、撰寫報告的方法，從女性提及1）的內容，可先答案應該是1或3。但最後2）的「ただし」表示需要做問卷調查的報告不在此列，因此答案是選項1。

part 2

題型解析

問題1
試題
解答

問題2
試題
解答

問題3
試題
解答

問題4
試題
解答

問題5
試題
解答

即時應答

考你什麼？

在「問題4」這個大題裡，主題全部都是非常簡短且生活化的對話，要考你如何做出適當「回應」，因此特別注意「打招呼」「道謝、道歉」「請求、委託」「情感」等表現用語。發話通常只有一句，要你立即針對它的發話從選項中選出適當的回應！

要注意什麼？

✔ 本大題型開始前會先播放問題，讓你了解答題流程，注意例題不需作答。

✔ 提問和答題選項都很短，務必集中精神仔細聆聽。

✔ 本題型答題選項只有3個。問題用紙（試題本）上沒有任何圖畫或文字，必須用聽的來判斷該如何「應答」。

1 發話很短，且只講一次

2 針對它的發話選擇回應

3 仔細聆聽從 3 個選項中選出最適宜的答案

れい

1 M ：ハックション。あ〜風邪（かぜ）ひいたみたいだ。

2 F ：1. どうぞお元気（げんき）で。
2. だいじょうぶですか。
3. お体（からだ）を大切（たいせつ）にしてください。

3

問題（もんだい） 4		
れい例	①	●	③
1	①	②	③
2	①	②	③
3	①	②	③
4	①	②	③
5	①	②	③
6	①	②	③
7	①	②	③
8	①	②	③
9	①	②	③
10	①	②	③
11	①	②	③
12	①	②	③

⏰ 注意

✔ 問題 4 題型共 12 題（※ 根據官方公布，實際考試題數可能有所差異），本練習共 24 題。

✔ 每題僅播放一次。

✔ 每題播放結束後，約 8 秒為作答時間。

✔ 問題用紙（試題本）上沒有任何圖畫或文字，必須仔細聆聽 MP3 邊在問題用紙上作筆記。

もんだい
問題 4 🎧 MP3 02-04-00

　問題 4 では、問題用紙に何もいんさつされていません。まず文を聞いてください。それから、それに対する返事を聞いて、1 から 3 の中から、最もよいものを一つ選んでください。

1 番 🎧 MP3 02-04-01

2 番 🎧 MP3 02-04-02

3 番 🎧 MP3 02-04-03

4番 🎧 MP3 02-04-04

5番 🎧 MP3 02-04-05

6番 🎧 MP3 02-04-06

part
2

題型解析

問題1
解答 試題
問題2
解答 試題
問題3
解答 試題
問題4
解答 試題
問題5
解答 試題

7番 MP3 02-04-07

8番 MP3 02-04-08

9番 MP3 02-04-09

10 番 （ばん）　🎧 MP3 02-04-10

11 番 （ばん）　🎧 MP3 02-04-11

12 番 （ばん）　🎧 MP3 02-04-12

part
2

題型解析

問題1
解答　試題

問題2
解答　試題

問題3
解答　試題

問題4
解答　**試題**

問題5
解答　試題

13 番 ^{ばん} MP3 02-04-13

14 番 ^{ばん} MP3 02-04-14

15 番 ^{ばん} MP3 02-04-15

16 番 ばん 🎧 MP3 02-04-16

17 番 ばん 🎧 MP3 02-04-17

18 番 ばん 🎧 MP3 02-04-18

19 番 MP3 02-04-19

20 番 MP3 02-04-20

21 番 MP3 02-04-21

22 番 （ばん） 🎧 MP3 02-04-22

23 番 （ばん） 🎧 MP3 02-04-23

24 番 （ばん） 🎧 MP3 02-04-24

part 2

題型解析

問題 1
試題 解答

問題 2
試題 解答

問題 3
試題 解答

問題 4
試題 解答

問題 5
試題 解答

問題 4　スクリプト詳解

（解答）	1	2	3	4	5	6	7	8
	3	1	3	1	2	1	3	2
	9	10	11	12	13	14	15	16
	2	1	1	1	2	2	3	3
	17	18	19	20	21	22	23	24
	1	3	1	1	2	3	2	1

（M：男性　F：女性）

1 番　(MP3) 02-04-01

F ： あ〜おなかすいた。	F ： 啊〜我肚子好餓。
M： 1. 私もボコボコです。	M： 1. 我也被打得很慘。
2. 私もベコベコです。	2. 我也咚咚了呢。
3. 私もペコペコです。	3. 我也餓了。
	正解：3

 重點解說

「ボコボコ」是形容被打得很慘的樣子，「ベコベコ」是敲空罐子時發出的聲音。

2 番　(MP3) 02-04-02

M： かわいがっていた犬が死んでしまったんです。	M： 我疼愛的狗死掉了。
F： 1. それはお気の毒に。	F ： 1. 我很遺憾。
2. それはおめでとう。	2. 真是恭喜你。
3. じゃ、がんばってください。	3. 那麼請你多加油。
	正解：1

 重點解說

「お気の毒」是「我同情你」的意思。

3 番  MP3 02-04-03

M ： すみません。これ預かってもらえますか？

F ： 1. はい、ありがとうございます。
2. あなたは誰ですか。
3. では、こちらの番号札をお持ちください。

M ： 不好意思，可以寄放一下這個嗎？

F ： 1. 好，謝謝。
2. 你是誰？
3. 那麼，請拿這邊的號碼牌。

正解：3

重點解說

對別人說「あなたは誰ですか」是很沒禮貌的說法。

4 番 MP3 02-04-04

F ： そろそろおやつにしましょうか。

M ： 1. じゃ、わたしがお茶をいれます。
2. じゃ、てんぷらがいいですね。
3. ビールをください。

F ： 差不多該來吃點心了吧？

M ： 1. 那麼我來泡茶。
2. 那麼，吃天婦羅好了。
3. 請給我啤酒。

正解：1

重點解說

「おやつ」指的是下午的點心。

5 番 MP3 02-04-05

M ： 誰かこれいっしょに持ってくれる？

F ： 1. 今、忙しいですから、また後で。
2. はい、すぐにお持ちします。
3. はい、誰か持ってください。

M ： 誰可以幫我一起拿這個？

F ： 1. 我現在很忙，下次吧。
2. 好的，我現在去幫您拿。
3. 好的，誰來拿著吧。

正解：2

重點解說

「お持ちします」是「持ちます」的謙讓語。

題型解析

問題1 解答 試題

問題2 解答 試題

問題3 解答 試題

問題4 解答 試題

問題5 解答 試題

6番 🎧MP3 02-04-06

M： きょうはわざわざお越しいただき、ありがとうございました。	M： 感謝您今天特地過來。
F： 1. いいえ、こちらこそ、どうもお世話になりました。	F： 1. 哪裡，我才是承蒙了您的照顧呢。
2. きょうはわざわざ来て疲れたよ。	2. 今天特地過來很累啊！
3. ごきげんよう。	3. 再見。　　　正解：1

 重點解說

「ごきげんよう」是「再見」的意思，在工作場合上很少使用。

7番 🎧MP3 02-04-07

F： どうぞ、楽にしてください。	F： 請放輕鬆。
M： 1. はい、とても楽しいです。	M： 1. 對，我非常高興。
2. はい、とても楽です。	2. 對，我非常輕鬆。
3. では、遠慮なく。	3. 那麼，我就不客氣了。
	正解：3

 重點解說

「楽にする」是姿勢放鬆的意思。

8番 🎧MP3 02-04-08

F： あなたが直接行くまでもないわよ。	F： 不需要你親自去喔。
M： 1. はい、では行ってきます。	M： 1. 好，那麼我出去了。
2. では、電話で連絡します。	2. 那麼我用電話聯絡。
3. では、さようなら。	3. 那麼，再見。
	正解：2

 重點解說

「～までもない」指的是不必要的意思。

9 番　🎧 MP3 02-04-09

F： 面接はどうしましょうか。

M： 1. 面接はその人らしさをみるいい機会なんですよ。

2. 時間がかかるけど、やっぱり実施しましょう。

3. 1人1人だと時間がかかるので、5人ずつのグループ面接にしましょう。

F： 面試要怎麼辦？

M： 1. 面試是瞭解應試者個性的好機會喔。

2. 面試雖然花時間，但還是進行吧。

3. 一個一個面試的話很花時間，所以5人一組面試吧。

正解：2

❗ 重點解說

「どうしましょうか」是徵求指示、討論時的用詞，而選項1的終助詞「～よ」是用於告知對方所不知道的事，因此並非是針對題目問題的回應，而選項3的回應是針對「面試的進行方法」。

10 番　🎧 MP3 02-04-10

M： せっかく旅行に行ったのはいいんですが、海には行けずじまいだったんですよ。

F： 1. 海には行けなかったんですか。残念ですね。

2. 毎日海に行っていただけありますね。きれいに焼けてますよ。

3. 旅行に行けてよかったですね。うらやましいな。

M： 雖然好不容易去了旅行，但終究還是沒能去成海邊。

F： 1. 原來海邊沒去成啊，好可惜啊。

2. 看來每天去海邊，皮膚曬得很漂亮喔。

3. 能去旅行真是太好了，好讓人羨慕喔。

正解：1

❗ 重點解說

「V（ナイ形 -~~ない~~）ずじまい」表示「沒做成某事就結束了」，帶有說話者表達遺憾、失望的語意。

11 番　(MP3) 02-04-11

F ： 塩分は控えたほうがいいですね。

M ： 1. はい、しょっぱいものはあまり食べないようにします。

2. はい、砂糖の摂りすぎは避けたほうがいいんですね。

3. はい、塩もたまには摂ったほうがいいんですね。

F ： 你最好要控制一下鹽分。

M ： 1. 好的，我會儘量不吃太鹹的東西。

2. 好的，最好是避免攝取過多的糖份是吧？

3. 好的，鹽分最好是偶爾也要攝取是吧？

正解：1

⚠ 重點解說

「控えたほうがいい」是「最好不要吃」、「最好避免攝取過量」的意思。選項 1「しょっぱい」則是「鹹」的意思。

12 番　(MP3) 02-04-12

M ： あの2人、親子だなんて。

F ： 1. 私もびっくりした。姉妹かと思ってた。

2. お母さんも娘さんもきれいだよね。

3. 驚いた。親子じゃなかったんでしょう。

M ： 沒想到那兩人竟然是母女。

F ： 1. 我也嚇了一跳，我本來以為她們是姊妹。

2. 媽媽和女兒都很漂亮啊。

3. 好意外啊，應該不是母女吧。

正解：1

⚠ 重點解說

這裡的「～なんて」是表示驚訝時的用法。

part 2

題型解析

問題1

試題 解答

問題2

試題 解答

問題3

試題 解答

問題4

試題 解答

問題5

試題 解答

13 番　 (MP3) 02-04-13

| F : | こちらのビデオカメラはコンパクトなんですよ。 | F : | 這台攝影機很小巧喔。 |

F ： こちらのビデオカメラはコンパクトなんですよ。
M ： 1. あっ、軽いですね。
　　 2. あっ、小さいですね。
　　 3. あっ、薄いですね。

F ： 這台攝影機很小巧喔。
M ： 1. 啊，好輕啊。
　　 2. 啊，好小啊。
　　 3. 啊，好薄啊。

正解：2

重點解說

「コンパクト」常用於強調物體體積小，口語可說「ちっちゃい」。

14 番　 (MP3) 02-04-14

F ： 聞くは一時の恥、聞かぬは一生の恥ですよ。
M ： 1. はい、自分でもう一度よく調べてみます。
　　 2. はい、わからないことがあったら、質問します。
　　 3. 聞くのはやっぱり恥ずかしいことですよね。

F ： 問只是一時之恥，不問可是一生之恥喔。
M ： 1. 好，我再自己試著好好查一次。
　　 2. 好，如果有不懂的，我一定會發問。
　　 3. 問問題真的是很不好意思啊。

正解：2

重點解說

這裡要強調的是「不要羞於問問題」。

15 番　 (MP3) 02-04-15

F ： お酒は弱くて。
M ： 1. そうですか。お酒が好きなんですか。
　　 2. じゃ、もっと飲みましょう。
　　 3. じゃ、ジュースでもいいですよ。

F ： 我很不會喝酒。
M ： 1. 這樣啊，你喜歡喝酒啊？
　　 2. 那就多喝一些吧。
　　 3. 那喝果汁也可以喔。

正解：3

重點解說

「お酒が強い」意思是酒量很好，「お酒が弱い」是酒量差，不太能喝酒的意思。

113

16 番 02-04-16

F ： 私が入ってるサークルすごくいいからのぞいてみない？

M ： 1. 部員以外の見学は禁止されてるんだよ。
2. 練習を外から見るなんて、失礼じゃない？
3. じゃ、ちょっと行ってみようかな。

F ： 我加入的社團很不錯喔，你要不要來看看？

M ： 1. 那裡是禁止社員以外的人參觀的喔。
2. 我在旁邊觀看練習，很失禮吧。
3. 那我去看一下好了。

正解：3

🔍 重點解說

這裡的「のぞいてみる」是指「參觀一下」的意思。而選項 2 的語調語尾下降，是表示責難的口氣。

17 番 02-04-17

M ： 朝夕過ごしやすくなってきましたね。

F ： 1. ええ、涼しくなってきましたね。
2. ええ、朝は 5 時半には明るいですからね。
3. ええ、夕立が降って涼しくなりましたね。

M ： 早晚的氣候變得很舒服了耶。

F ： 1. 是啊，天氣變涼爽了。
2. 是啊，因為早上 5 點半天就亮了。
3. 是啊，傍晚下了陣雨，變得很涼爽了。

正解：1

🔍 重點解說

這裡的「過ごしやすい」是表示氣候、氣溫很舒服的意思。

題型解析

問題1

試題 解答

問題2

試題 解答

問題3

試題 解答

問題4

試題 解答

問題5

試題 解答

18 番 MP3 02-04-18

F： こんなに手間をかけて料理を作ったの初めて。

M： 1. 初めての時は思っていたより時間がかかるもんだよ。

　　2. そんな面倒な料理じゃなくて、簡単に作れる料理でいいよ。

　　3. 焼いたり、煮たり、時間をかけて作っただけあって、おいしいよ。

F： 我是第一次花這麼多工夫來下廚。

M： 1. 第一次比想像中還要花時間啊。

　　2. 簡單的料理就可以了啊，不用做這麼麻煩的。

　　3. 真不枉你花了這麼多工夫又烤又煮的，料理很好吃喔。　　　正解：3

⚠ 重點解說

　　題目提到：「初めてこんなに手間をかけて料理を作った」，可知這段話是在料理完成之後所說的。而「手間をかける」表示耗費時間或工夫；選項3的「～だけあって」表示結果與其所做的努力相符，通常用於表達稱讚時，選項3的意思就是稱讚對方花了工夫做菜，因此料理當然非常美味。

19 番 MP3 02-04-19

F： きのうは花見どころじゃなかった。

M： 1. 花見をするには寒かったもんね。

　　2. 人数が集まらなくて、中止になったの？

　　3. 食べ物や飲み物でけっこうお金かかるからね。

F： 昨天真不是賞花的時候。

M： 1. 要賞花還是太冷了呢。

　　2. 因為人數不足而取消了嗎？

　　3. 食物跟飲料要花不少錢啊。　　　正解：1

⚠ 重點解說

　　「～どころではなかった」是表示「不是做某事的時間或狀況」，屬強烈否定的說法。選項1表示雖然昨天去賞了花，但並不是賞花的天氣，天氣寒冷以致於沒辦法賞花的意思。「花見どころじゃなかった」另外也可用於表示「太忙以致於沒有時間賞花」或「人太多以致於沒辦法賞花」，可視當時情況而有不同解釋。

20 番 02-04-20

M： 僕、人ごみが苦手なんだ。

F： 1. じゃ、静かなところに行こう。
2. 私も。ゴミはくずかごに捨ててほしいよね。
3. 人間関係はやっかいなときもあるからね。

M： 我實在不太喜歡人多的地方。

F： 1. 那我們去靜一點的地方吧。
2. 我也是，真希望大家能把垃圾丟在垃圾桶裡啊。
3. 人際關係也有難以應付的時候呢。

正解：1

🔍 重點解說

「人ごみ（人込み）」是指人山人海的情況，跟「ゴミ」並沒有關係。

21 番 02-04-21

F： いい場所でお花見をするためには、前の晩から、場所を取っておかなきゃならないんだって。

M： 1. ちょっとここから離れているけど、此花公園は穴場なんだって。
2. ええっ！そこまでしなきゃなんないの？
3. ええっ！外で寝るの？楽しそうでよっかたね。

F： 聽說為了能在好地點賞花，前一晚就必須要先佔好位子。

M： 1. 雖然距離這裡有點遠，聽說「此花公園」是個秘密景點。
2. 什麼？必須要那麼做嗎？
3. 什麼？在外面睡覺嗎？好像很好玩太好了呢。

正解：2

🔍 重點解說

題目是表達了賞花，必須做到「場所を取っておかなきゃならない」，傳達為了賞花，要做到非一般的情況會使用的手段。而選項 2 的「そこまでしなきゃなんないの？」的「～まで」用於表示「為達目的，甚至做到～的地步」。

22 番　🎧 MP3 02-04-22

F ： 冬は鍋に限るわね。

M ： 1. ええっ！鍋以外の料理を作る気ないの？

　　2. うん、冬にしか食べられない料理だからね。

　　3. うん、冬といえば、鍋だよね。

F ： 冬天吃火鍋最棒了。

M ： 1. 什麼？妳不打算做火鍋以外的菜了嗎？

　　2. 嗯，因為是只在冬天才吃得到的料理嘛。

　　3. 嗯，說到冬天，首推火鍋啊。

正解：3

🔍 重點解說

「鍋に限る」、「冬といえば鍋」都是用於表示「火鍋最好」的說法。而「冬といえば鍋」也可表示聽到冬天這個詞，就會聯想到火鍋。

23 番　🎧 MP3 02-04-23

M ： 安田さんって本当に人がよすぎるよね。

F ： 1. うん、気がきくし、仕事も早いしね。私と同じ人間とは思えない。

　　2. うん、お人よしにもほどがある。自分のことも考えたほうがいいよね。

　　3. うん、責任感があって、頼りがいがあるよね。

M ： 安田先生真的是人太好了。

F ： 1. 嗯，他很機靈、做事又迅速，實在難以想像他跟我同是人類啊。

　　2. 嗯，人好也要有限度，最好也要考慮一下自己。

　　3. 嗯，他很有責任感，值得信賴。

正解：2

🔍 重點解說

「すぎる」通常用於表示負面的意思，因此這裡的「人がよすぎる」表示並非好事。「人がいい」或「お人よし」指的是任何事都往好處想，容易被騙或利用的人，跟「いい人」的意思不太一樣，要特別注意。

題型解析

問題1
解答　試題

問題2

解答　試題

問題3

解答　試題

問題4

解答　試題

問題5

解答　試題

24番 02-04-24

F ： 今、ぐらっとこなかった？	F ： 剛剛是不是有搖晃了一下？
M ： 1. えっ、地震？	M ： 1. 咦？是地震嗎？
2. えっ、気分が悪いの？	2. 咦？妳不舒服嗎？
3. えっ、お化け？	3. 咦？是鬼嗎？

正解：1

> ## 重點解說
>
> 「ぐらっとくる」是表示搖晃的意思。

もんだい
問題5

考你什麼？

在「問題5」這個大題裡，內容偏長且資訊很多，考你在聽完長篇內容後，是否能進行比較與統整出複數的情報。而「問題5」分兩種類型，1番、2番問題用紙(試題本)上沒有任何圖畫或文字；3番問題用紙（試題本）上有質問1、質問2兩個小題。

題目在長篇內容結束後才會提出問題，因此一定要用最快的速度記下重點情報。

要注意什麼？

✔ 本大題沒有例題，在播完該問題5題型講解後即進入1番。

✔ 有可能出現3人對話，不要混淆3人的對話內容。

✔ 通常會先由1人進行長篇談話，然後再接另外兩人的對話，要特別留意那兩人各自的選擇或意見。

⏰ 注意

✔ 問題5共3題，本練習共6題。

✔ 每題僅播放1次。

✔ 每題播放結束後，約8秒為作答時間。

✔ 問題用紙（試題本）上1番、2番沒有任何圖畫或文字，必須仔細聆聽MP3。3番則有問題及選項。

1番、2番

速寫筆記很重要

① 先聽情境提示

② 仔細聆聽談話內容，快速掌握是幾個人的對話，分別說了什麼？

③ 聆聽問題

④ 聆聽4個選項，從中選擇答案

---

① 両親と娘が話しています。

④

問題　5				
1	①	②	③	④
2	①	②	③	④
3 (1)	①	②	③	④
(2)	①	②	③	④

② F1 ： お父さん、お金貸してくれない？。

M ： どうしたんだ？陽菜、いくらぐらいいるんだ。

F2 ： 陽菜、何に使うの？服なら、もうすぐ誕生日だから買ってあげるわよ。

F1 ： ありがとう。でも、そうじゃなくて、オーストラリアに。

M ： 旅行か？夏休みも近いしな。でも、陽菜、貯金ゼロなのか？

F1 ： アルバイトして貯めたお金だけじゃ足りなくて。オーストラリアは大学主催の夏期英語研修なの。4週間。

M ： で、いくらなんだ？

F1 ： 45万円。でも、その前に英語の試験を受けなきゃならなくて、その受験料は貯金から出すから、もし……。

M ： その試験に受かったら、貸してほしいってことか。

F2 ： 陽菜、借りるなら、ちゃんとお父さんに返しなさいよ。

M ： そうだな。約束できるんだな。

F1 ： うん、ありがとう。ギターサークルのギター買った時もちゃんと返したでしょう。

③ 女の子はどうしてお金が必要なのですか。

④ 1. 英語の試験を受けるため
2. 海外の英語の研修に参加するため
3. サークルで必要な楽器を買うため
4. 英語の試験の受験料と英語研修の費用のため

４：案答

3番

1 先聽情境提示

2 仔細聆聽談話內容，同時閱讀問題用紙上的答題選項邊作筆記

3 聽質問1問題

4 從4個選項選擇答案

5 聽質問2問題

6 從4個選項選擇答案

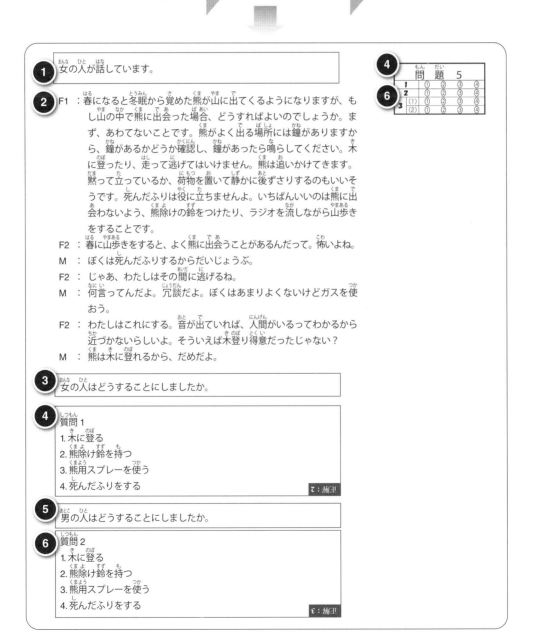

1 女の人が話しています。

2
F1 ：春になると冬眠から覚めた熊が山に出てくるようになりますが、もし山の中で熊に出会った場合、どうすればよいのでしょうか。まず、あわてないことです。熊がよく出る場所には鐘がありますから、鐘があるかどうか確認し、鐘があったら鳴らしてください。木に登ったり、走って逃げてはいけません。熊は追いかけてきます。黙って立っているか、荷物を置いて静かに後ずさりするのもいいそうです。死んだふりは役に立ちませんよ。いちばんいいのは熊に出会わないよう、熊除けの鈴をつけたり、ラジオを流しながら山歩きをすることです。

F2 ：春に山歩きをすると、よく熊に出会うことがあるんだって。怖いよね。

M ：ぼくは死んだふりするからだいじょうぶ。

F2 ：じゃあ、わたしはその間に逃げるね。

M ：何言ってんだよ。冗談だよ。ぼくはあまりよくないけどガスを使おう。

F2 ：わたしはこれにする。音が出ていれば、人間がいるってわかるから近づかないらしいよ。そういえば木登り得意だったじゃない？

M ：熊は木に登れるから、だめだよ。

3 女の人はどうすることにしましたか。

4
質問1
1. 木に登る
2. 熊除け鈴を持つ
3. 熊用スプレーを使う
4. 死んだふりをする

正解：2

5 男の人はどうすることにしましたか。

6
質問2
1. 木に登る
2. 熊除け鈴を持つ
3. 熊用スプレーを使う
4. 死んだふりをする

正解：3

4

問題5				
1	①	②	③	④
2	①	②	③	④
3 (1)	①	②	③	④
(2)	①	②	③	④

問題 5
もんだい

（一） MP3 02-05-00

問題用紙に何もいんさつされていません。まず話を聞いてください。
それから、質問とせんたくしを聞いて、1 から 4 の中から、最もよいもの
を一つ選んでください。

1番 MP3 02-05-01

2番 MP3 02-05-02

3番 MP3 02-05-03

4番 MP3 02-05-04

part 2

題型解析

問題1 試題 解答

問題2 試題 解答

問題3 試題 解答

問題4 試題 解答

問題5 試題 解答

（二）🎧 MP3 02-05-05

　　まず話を聞いてください。それから、二つの質問を聞いて、それぞれ問題用紙の1から4の中から、最もよいものを一つ選んでください。

1番 🎧 MP3 02-05-06

質問1

1　Aの時間帯

2　Bの時間帯

3　Cの時間帯

4　BとCの時間帯

質問2

1　Aの時間帯

2　Bの時間帯

3　Cの時間帯

4　BとCの時間帯

2番 MP3 02-05-07

質問1

1　いちばん左の野菜
2　左から2番目の野菜
3　一番右の野菜
4　右から2番目の野菜

質問2

1　左から2番目の野菜
2　一番右の野菜
3　右から2番目の野菜
4　左から2番目の野菜と右から2番目の野菜

題型解析

問題1
試題
解答

問題2
試題
解答

問題3
試題
解答

問題4
試題
解答

問題5
試題
解答

問題5 スクリプト詳解

（解答）	1	2	3	4
（一）	**2**	**1**	**3**	**4**

（二）	1		2	
	質問1	質問2	質問1	質問2
	3	**4**	**4**	**4**

（M：男性　F：女性）

解答（一）

1番 🎧 MP3 02-05-01

店員と2人の学生が話しています。	店員跟兩位學生正在交談。
F ： あのう、このコンビニで使ったり、ポイントが貯まったりするカードを申し込みたいんですけど。	F ： 不好意思，我想辦可以在便利商店使用、累積點數的卡。
M1： はい、こちらが入会申込書です。	M1： 好的，這是入會申請表。
F ： どうもありがとう。	F ： 謝謝。
M2： また、カード申し込むの？	M2： 妳又要辦卡了嗎？
F ： うん、ここのコンビニはよく利用するからね。	F ： 嗯，因為我常在這家便利商店消費。
M1： 貯まったポイントで、うちの商品が買えます。週末はポイントが2倍になります。	M1： 您可以用累積的點數購買店裡的商品，週末消費可以累積2倍點數。
M2： だから森本さん、申し込むの？	M2： 森田同學妳就是因為這樣才要辦卡的嗎？

part
2

題型解析

問題1

解答 試題

問題2

解答 試題

問題3

解答 試題

問題4

解答 試題

問題5

解答 試題

F ： ポイントはもちろんだけど、クレジットカードとしても使えるんだよ。入会費や年会費も無料だし。内山君もどう？

M2： 落としたりすると面倒じゃない？

F ： 落としたことなんてないし。クレジットカード会社によって違うサービスがあるから、何枚あってもいいのよ。

M2： はあ、いろいろ調べてるんだ。僕にはそんな面倒なことできないな。

F ： そう？現金で払うほうが面倒でしょう。1) 私、実はそれがいちばん嫌だから申し込むの。これがあれば、いちいちお財布出したり、小銭を用意したりしなくていいから。

女の人がカードを申し込むいちばんの理由は何ですか。

1. ポイントが貯まるから
2. 現金を使わなくてもいいから
3. コンビニの商品が安く買えるから
4. クレジットカードとしても使えるから

F ： 累積點數就不用說了，這張卡還可以當成信用卡使用喔，又不用入會費跟年費，內山同學你要不也辦一張呢？

M2： 卡遺失的話，不是很麻煩嗎？

F ： 我沒有遺失過卡，每家信用卡公司都提供不同的優惠，所以多辦幾張也沒關係。

M2： 哇，原來妳都調查清楚了啊，那種麻煩事我沒辦法。

F ： 是嗎？現金付款才麻煩吧。老實說我就是最不喜歡用現金付款，所以才辦卡的，有卡的話，就不用每次都要拿出錢包或準備零錢了。

女學生辦卡的最大理由為何？

1. 因為可以累積點數
2. 因為可以不用使用現金
3. 因為可以便宜購得便利商店的商品
4. 因為也能當作信用卡使用

正解：2

 重點解說

對話的主題是跟辦卡有關，因此在聽對話內容時要留意並釐清男女學生對辦卡的不同看法。女學生最後提到1）的內容，可知女學生就是不喜歡現金交易的不便性才選擇辦卡。

2番 🎧 MP3 02-05-02

旅行社の社員と客が話しています。

M1： ご旅行当日は空港には2時間前くらい、余裕を持ってチェックインできるお時間に到着するようにしてください。ご出発は連休の初日でございますね。リムジンバスご利用で、空港へいらっしゃるなら、高速が込むかもしれませんので、その分のお時間も見ておいてください。空港には新しくショッピングモールができましたので、早めにお着きになったら、のぞいてみるのもいいかもしれません。レストランも充実しているんですよ。

F： ショッピングモール行ってみたい。

M2： 旅行に行く前にショッピングしてどうするんだよ。1）俺たちの便は13時5分だから、その2時間前に出ればいいだろう。

F： 空港に出発の2時間前には着いておいてくださいって旅行社の人、言ってたでしょう。だから、その分を考えなきゃ。

M2： そうだな、2）道も込むって言ってたから、空港までは1時間くらいだけど、2時間みとこうか。早く着けば、手続きも早く終わるだろうし。

F： そうね。3）空港まで片道2時間で、出発の2時間前に着くってことで。時間が余ったら、ショッピングモールも免税店もあるしね。

旅行社的職員正在跟顧客交談。

M1： 請各位在旅行出發當天，提早2小時左右抵達機場，這樣才能從容地辦理登機手續。出發當天是連假的第一天，如果您是利用巴士前往機場的話，高速公路可能會塞車，所以請您將塞車時間也預估進您的行程裡。機場裡有新開幕的購物中心，您若是提早抵達的話，可以參觀看看，也有各式餐廳喔。

F： 我想去購物中心。

M2： 出發前購物要幹嘛？我們的班機是13點5分，所以2小時前出發就可以了吧。

F： 旅行社的人不是說了嗎？出發前2小時要抵達機場，所以要把時間預估好。

M2： 是喔，他有提到路上會塞車，雖然到機場的時間是1小時左右，但是還是預估2小時好了。早點到的話，也能早點辦好手續吧。

F： 是啊，到機場的單程時間是2小時，還要在出發的2小時前抵達。如果時間還早的話，反正有購物中心和免稅店可逛。

part

2

題型解析

問題1

解答 試題

問題2

解答 試題

問題3

解答 試題

問題4

解答 試題

問題5

解答 試題

2人はいつ家を出ますか。

1. 道が込むかもしれないので、9時に家を出る

2. 空港で買い物したいので、9時に家を出る

3. 道も込むし、買い物もしたいので、10時に家を出る

4. 早めに空港での手続きをしたいので、10時に家を出る

兩人何時要出門？

1. 因可能塞車，所以要9點出門

2. 因想在機場購物，所以要9點出門

3. 路上會塞車，還有想要購物，所以要在10點出門

4. 因為想提早到機場辦理手續，所以要在10點出門

正解：1

重點解說

對話的主題是出發時間，且內容出現多次時間的說法，因此在聽對話內容時要特別留意。男性顧客在1）提到：「俺たちの便は13時5分だから」可推斷出至少得在班機起航前2小時出門。但男性2）提到為了怕塞車而預估車程是2小時，最後女性顧客做出結論，也就是3）的內容，因此知道兩人預估的出門時間是4小時前，將飛機起飛時間減去4小時，出門時間便是9點了。

3 番 🎧 MP3 02-05-03

先輩と後輩2人が話しています。

M1： バスケ部に入らない？高校時代はやってたんだろ？

F ： うん、やりたいけど、まだ、授業とか慣れてないし、バスケ部って練習まじめにやるから、1）時間とられるんだよね。先輩も入ってないですよね。

M2： 1年生の時には入ってたけど、勉強が忙しくなっちゃって。

F ： やっぱり、2年とか3年になると忙しくなるんですね。

學長正在跟兩位學弟妹交談。

M1： 妳要不要加入籃球隊？妳高中時有打籃球吧？

F ： 嗯，我是很想加入啦，但是課業還沒上軌道，加入籃球隊要很認真練習，會占去很多時間吧，學長你也沒有參加吧？

M2： 我大一時有加入，但是後來課業太忙了。

F ： 果然是這樣，到了大二大三就會變得很忙吧。

M2： でも、サークルに入ったのはよかったと思ってる。友達もできたし、試合にも出られたし。

F： 1年生で試合に出たんですか。すごいなあ。私も出たいなあ。

M1： だったら、1年間やってみれば？

F： うーん、2) 実はバイトもやってみたいんだ。探してるとこなんだけど。

M2： 3) もし、お金のためじゃないなら、3年になってから、企業の研修なんかに参加したほうがいいかもよ。

F： 4) ああ、そのほうが社会勉強になりますね。

M1： サークルに入れば、先輩とも知り合えるし、5) まずは1年やってみようよ。勉強だって、みんなでいっしょにできるし。

F： 6) そうね。

女子学生はどうすることにしましたか。
1. アルバイトもして、サークルにも入る
2. アルバイトはするが、サークルには入らない
3. アルバイトはしないが、サークルには入る
4. アルバイトもせず、サークルにも入らない

M2： 不過，我覺得參加社團很不錯，我交到了朋友，也參加了比賽。

F： 你才大一就出賽了嗎？好厲害啊，我也想參加比賽。

M1： 這樣的話，妳就參加1年看看吧。

F： 嗯，老實說我也想去打工，已經在找打工的工作了。

M2： 如果妳不是為了賺錢，大三時去參加企業研習說不定還比較好喔。

F： 啊，那樣還比較能學到社會經驗。

M1： 加入社團的話，還能認識學長姐，妳先參加一年看看吧，大家也可以一起唸書啊。

F： 說得也是。

女學生決定怎麼做？
1. 去打工也參加社團
2. 去打工，不參加社團
3. 不去打工，但是要參加社團
4. 不去打工也不參加社團

正解：3

🔍 重點解說

整段對話的主題是三人在討論女學生是否該加入社團，因此要仔細聽好女學生的最後決定。女學生提到考慮不加入社團的理由主要是1）與2），但後來對於學長提出的建議，也就是3）的內容，女學生則以4）表示接受學長的提議，因此去打工的理由便不成立了。最後在友人提出5）的建議內容後，女學生附和：「そうね」，表示接受友人提議加入社團。

4番 🎧 MP3 02-05-04

題型解析

問題1 試題 解答

問題2 試題 解答

問題3 試題 解答

問題4 試題 解答

問題5 試題

解答 試題

学校の職員の話を聞いて、2人の学生が話しています。

M1： みなさん、こんにちは。履修登録の次は健康診断の日程についてご説明いたします。4月20日は午前が理系の男子、午後が留学生の男子学生。4月21日の午前中が文系の男子、午後が同じく文系の女子。4月22日は午前中が理系の女子、午後は留学生の女子学生です。もし、都合が悪い時は女子学生は女子学生の時間帯、男子学生は男子学生の時間帯に行ってください。なお、新入生の方は5月20日に身体測定や内科検診がありますので、そちらも忘れずに行ってください。では、以上です。

F ： 1) 先輩は1日だけだからいいですね。

M2： うん、1年生は2回だから面倒だね。僕は文学部だから、この日だな。松永さんも同じ日だね。

F ： そうですね。2) 私は外国語学部だから。でも、その日は都合が悪いので、次の日の午後にします。

両位學生聽了學校職員的說明後，正在交談。

M1： 各位同學好，在選課登記之後，緊接著為各位說明健康檢查的日程，4月20日上午是理科的男生；下午是男留學生。4月21日上午是文科的男生，下午一樣是文科的女生。4月22日上午是理科的女生，下午是女留學生。如果各位時間無法配合的話，女生請在女生的健康檢查時間內，男生請在男生的健康檢查時間內前往。另外，新生在5月20日要量身高體重和做內科檢查，請各位要記得前往檢查。報告完畢。

F ： 學長你的檢查只有一天，真好。

M2： 嗯，大一新生要檢查2次，很麻煩。我是文學院的，所以是在這一天檢查。松永學妹妳跟我是同一天耶。

F ： 是啊，因為我是外語學院的。不過，我那一天不方便，我想改成隔天的下午。

M2： 次の日は……留学生の人の日だ。留学生の黄さんに会うかもね。

F ： そうですね。会えたらいいな。おしゃべりしながらなら、順番待つのも苦痛じゃないし。

女子学生はいつ健康診断を受けますか。
1.4 月 21 日
2.4 月 21 日と 5 月 20 日
3.4 月 22 日
4.4 月 22 日と 5 月 20 日

M2： 隔天……那天是留學生的檢查，說不定妳會遇到留學生黃同學喔。

F ： 是啊，如果能遇到就好了。可以邊聊天邊等的話，排隊等候就不會難熬了。

女學生何時要健康檢查？

1. 4 月 21 日

2. 4 月 21 日和 5 月 20 日

3. 4 月 22 日

4. 4 月 22 日和 5 月 20 日

正解：4

🔍 重點解說

　　從 1）女學生羨慕學長的口吻提到「先輩は 1 日だけだからいいですね」，可知女學生的檢查不只 1 次，因此可選的選項只剩 2 及 4。另外女學生提到 2）的內容，可知她要將檢查延到第 2 天下午，根據前面職員的說明，外語學院女生的健康檢查是 4 月 21 日下午，所以隔天下午便是 4 月 22 日下午。

part
2

題型解析

問題1

解答 試題

問題2

解答 試題

問題3

解答 試題

問題4

解答 試題

問題5

解答 試題

解答（二）

1番 🎧 MP3 02-05-06

店長と2人の学生が話しています。

F1： アルバイトご希望の方ですね。店長の山岡です。今、募集している時間帯はA、B、Cの3つです。Aは早番で、朝6時から9時まで、Bは午後2時から6時まで、それからCは遅番、夜6時から10時までです。時間給ですが、初めての方なので、早番と遅番が750円、午後は700円です。それから曜日は1月に1度シフトを決めますので、その時にご希望の曜日をおっしゃってください。1日に2つのシフトまで入ることができます。

M： やっぱり時給が高いほうがいいよね。

F2： 朝起きられるの？

M： 朝なんてやらないよ。午後も授業だしさ。

F2： ふーん、私は土曜日と日曜日にしようかな。週日は授業があるから。

M： 1) 神谷さんも夜がいいの？

F2： うん。2) それから、午後も。週に2日だから、1日4時間じゃ短いでしょう。

質問1

男子学生が希望する時間帯はどれですか。

1. Aの時間帯
2. Bの時間帯
3. Cの時間帯
4. BとCの時間帯

店長與兩位學生正在交談。

F1： 你們是來應徵打工的吧，我是店長，我叫山岡。我們現在招募人手的時段有A、B、C3個時段，A是早班，工作時間是從早上6點到9點，B是下午2點到6點，C是晚班，是從晚上6點到10點。至於時薪呢，因為你們都是新手，早班和晚班都是750日圓，午班是700日圓。還有工作的時間是一個月會排一次班，所以請在排班時說明自己想要工作的時間，1天最多可以排2個班。

M： 還是時薪高的時段比較好。

F2： 你早上爬得起來嗎？

M： 我才不做早班呢，我下午也有課。

F2： 嗯，我排星期六跟星期日好了，我平日都有課。

M： 神谷妳也想排晚班嗎？

F2： 嗯，我還可以排午班。我一週工作2天，1天只工作4小時的話太短了。

問題1

男學生想要排哪一個時段？

1. A時段
2. B時段
3. C時段
4. B和C時段

正解：3

質問2
女子学生が希望する時間帯はどれですか。

1. Aの時間帯
2. Bの時間帯
3. Cの時間帯
4. BとCの時間帯

問題2

女學生想要排哪一個時段？

1. A時段
2. B時段
3. C時段
4. B和C時段

正解：4

 重點解說

　　男學生提到1）的內容，而女學生回答：「うん」，可知兩人都想排晚班的C時段。而女學生緊接著又提到2），可知女學生不只晚班，也想排午班的時段。

2番　MP3 02-05-07

店の人の説明を聞いて、2人の客が話しています。

M1：有機野菜って、みなさん聞いたことありますよね。でも、有機野菜がどんなものなのか説明できる方は多くはないんです。では、こちらの野菜を見てください。いちばん左のが農薬と化学肥料を使って栽培されたものです。その隣、左から2番目のが化学肥料は使っていますが、無農薬のもの。いちばん右のが農薬は使用していますが、化学肥料は使っていないもの。そして右から2番目のが農薬はもちろん、化学肥料も使っていないものです。では、この4つの中のどれを有機野菜というのか、考えてみてください。

F：1) 有機野菜って農薬を使ってないもののことでしょう。

M2：うん、よく無農薬野菜って言うよね。

F：2) じゃ、これとこれなんじゃない？

兩位顧客聽完店員的說明後正在交談。

M1：各位應該有聽過有機蔬菜吧，不過，可以清楚說明什麼是有機蔬菜的人並不多。請各位看看這邊的蔬菜，最左邊的是用農藥跟化學肥料栽培的蔬菜，在它旁邊，左邊數來第二種蔬菜有使用化學肥料，但沒有使用農藥，最右邊的蔬菜有使用農藥，但是沒有使用化學肥料，而右邊數來第二種蔬菜，農藥就不用說了，化學肥料也都沒有使用。那麼請各位想一想這四種蔬菜當中，哪一種被稱為有機蔬菜呢？

F：所謂的有機蔬菜應該是沒有使用農藥的蔬菜吧？

M2：嗯，經常被叫做無農藥蔬菜啊。

F：那應該就是這個跟這個囉。

part **2**

題型解析

問題1

試題 解答

問題2

試題 解答

問題3

試題 解答

問題4

試題 解答

問題5

解答 試題

M2： ああ、答えは1つじゃなくてもいいのか。でも、肥料って有機野菜と関係ないの？野菜って、土も大切なような気がするけどな。

F ： 土壌が大切なら、ほかにも大切な要素があるかもよ。この中に答えってあるのかな。

M2： 答えがないなんて、それは考えすぎだよ。化学と有機ってあまり結びつかないから、3）両方使ってないこれなんじゃないかな。決めた、答えはこれ。

F ： 私は、4）やっぱり最初の答えにする。直感も大切だから。

質問1
男の人はどれが有機野菜だと考えていますか。
1. 一番左の野菜
2. 左から2番目の野菜
3. 一番右の野菜
4. 右から2番目の野菜

質問2
女の人はどれが有機野菜だと考えていますか。
1. 左から2番目の野菜
2. 一番右の野菜
3. 右から2番目の野菜
4. 左から2番目の野菜と右から2番目の野菜

M2： 答案不只1個嗎？不過，肥料跟有機蔬菜沒有任何關連嗎？總覺得蔬菜的土壤也是重要的一環。

F ： 土壤如果很重要的話，也許還有其他重要的元素。這當中真的有正確答案嗎？

M2： 怎麼會沒有答案？妳想太多了啦。化學跟有機應該扯不上關係，所以應該是兩種都沒有使用的這種蔬菜吧，我決定了，答案就是這個。

F ： 我還是選最初的答案，直覺是很重要的。

問題1

男性認為哪一個是有機蔬菜？

1. 最左邊的蔬菜

2. 從左邊數來第二種蔬菜

3. 最右邊的蔬菜

4. 從右邊數來第二種蔬菜

正解：4

問題2

女性認為哪一個是有機蔬菜？

1. 從左邊數來第二種蔬菜

2. 最右邊的蔬菜

3. 從右邊數來第二種蔬菜

4. 從左邊數來第二種蔬菜以及從右邊數來第二種蔬菜 正解：4

重點解說

男性經過討論，在最後做決定時說出3）的內容時，可知他選的是「沒有農藥和化學肥料的蔬菜」，也就是選項4。而女性在最後做決定時提到4），所以她的決定是一開始便選好的答案，女性一開始有提到1）與2）的內容，可知她選的是「沒有使用農藥的蔬菜」，而且有兩種，因此答案就是唯一有兩種蔬菜的選項4。

模擬試題
（附模擬試卷1回）

本單元為完整「3回模擬試題」+「1回模擬試卷」。

在經過前面各題型練習後，本單元訓練重點就是要你掌握時間，調整答題節奏！不緊張！

N2聽解考試1回總時間為50分鐘，考試節奏緊湊，思考時間有限，與自己在家裡練習不同。每回模擬試題請以認真的態度進行，中途不要停止，一股作氣將整回做完。「1回模擬試卷」是完全仿照日檢問題用紙設計，當做完前3回的模擬試題後，這回就要讓自己完全進入考試狀態，來測試看看你是否能完全掌握？！

Part3

もんだい
問題1 🎧 MP3 03-01-00

　問題1では、まず質問を聞いてください。それから話を聞いて、問題用紙の1から4の中から、最もよいものを一つ選んでください。

れい
例

1　水でうがいすること

2　お茶でうがいすること

3　お茶でうがいして、適度に運動もすること

4　適度に運動すること

1番 (MP3) 03-01-01

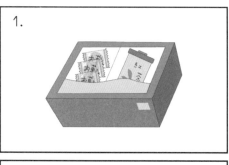

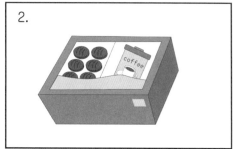

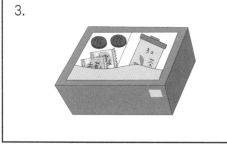

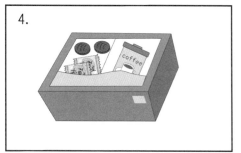

1　2500円／クッキー／紅茶

2　2500円／チョコレート／コーヒー

3　3500円／クッキー／チョコレート／紅茶

4　3500円／クッキー／チョコレート／コーヒー

2番 (MP3) 03-01-02

1　電車を乗り換える

2　このまま同じ電車に乗って行く

3　バスに乗り換える

4　車に乗り換える

3番 (MP3) 03-01-03

1 透明のゴミ袋を1枚と黒いゴミ袋を1枚

2 透明のゴミ袋を1枚と黒いゴミ袋を2枚

3 透明のゴミ袋を3枚と黒いゴミ袋を1枚

4 透明のゴミ袋を3枚と黒いゴミ袋を2枚

4番 (MP3) 03-01-04

1 格安の文字を大きくする

2 格安と値段の文字を大きくする

3 食事の項目を消して、値段を拡大する

4 格安の文字を拡大して、イラストをかき直す

5番  MP3 03-01-05

ア

イ

ウ

會議資料

エ

山下 花子
030-3311-4499/090-3672-6930

オ

1 ア イ エ

2 イ ウ オ

3 ウ エ オ

4 ア イ オ

問題2 (MP3) 03-01-06

問題2では、まず質問を聞いてください。そのあと、問題用紙のせんたくしを読んでください。読む時間があります。それから話を聞いて、問題用紙の1から4の中から、最もよいものを一つ選んでください。

例

1　歌が上手だから

2　フレンドリーなイメージがあるから

3　ダンスが上手だから

4　ハンサムだから

1番 (MP3) 03-01-07

1 並んだ席が取れなかったから

2 安い席のチケットが買えなかったから

3 友達が急に行けなくなったから

4 仕事が忙しくなったから

2番 (MP3) 03-01-08

1 自分を成長させたいから

2 1人でするように課長に言われたから

3 男の人に仕事を邪魔されたくないから

4 1人で仕事をするほうが早いから

3 番 🎧 MP3 03-01-09

1 お金を貯められるようになったこと

2 買う前に必要かどうか考えるようになったこと

3 部屋が広くなったこと

4 必要なものがすぐに見つかるようになったこと

4 番 🎧 MP3 03-01-10

1 スープがおいしいから

2 ラーメンが無料になる日があるから

3 食器を変えたから

4 インターネットで新メニューが話題になったから

5 番 （MP3）03-01-11

1 サッカーを見るため

2 観光のため

3 友人に会うため

4 仕事のため

6 番 （MP3）03-01-12

1 聴解試験の CD の速度を落としてほしい

2 聴解試験の CD の音を大きくしてほしい

3 聴解試験では正しい発音の CD を使ってほしい

4 聴解試験の音質をよくしてほしい

　問題3では、問題用紙に何もいんさつされていません。この問題は、全体としてどんな内容かを聞く問題です。話の前に質問はありません。まず話を聞いてください。それから、質問とせんたくしを聞いて、1から4の中から、最もよいものを一つ選んでください。

－メモ－

もんだい
問題4　MP3 03-01-19~31

　問題4では、問題用紙に何もいんさつされていません。まず文を聞いてください。それから、それに対する返事を聞いて、1から3の中から、最もよいものを一つ選んでください。

－メモ－

もんだい
問題5 MP3) 03-01-32~34

問題5では、長めの話を聞きます。この問題には練習はありません。
メモをとってもかまいません。

1番、2番

問題用紙に何もいんさつされていません。まず話を聞いてください。
それから、質問とせんたくしを聞いて、1から4の中から、最もよいもの
を一つ選んでください。

—メモ—

3番 🎧 MP3 03-01-35~36

まず話を聞いてください。それから、二つの質問を聞いて、それぞれ問題用紙の1から4の中から、最もよいものを一つ選んでください。

質問1

1　一つ目の方法

2　二つ目の方法

3　三つ目の方法

4　四つ目の方法

質問2

1　一つ目の方法

2　二つ目の方法

3　三つ目の方法

4　四つ目の方法

問題1 （MP3） 03-02-00

問題1では、まず質問を聞いてください。それから話を聞いて、問題用紙の1から4の中から、最もよいものを一つ選んでください。

例

1 水でうがいすること

2 お茶でうがいすること

3 お茶でうがいして、適度に運動もすること

4 適度に運動すること

1番 (MP3) 03-02-01

1 表に購入したものを書く

2 領収書を貼る

3 部長にサインをもらう

4 申請書を提出する

2番 (MP3) 03-02-02

1 工場に連絡する

2 生産の対策を考える

3 会議の資料を修正する

4 会議の資料を印刷する

3番 MP3 03-02-03

1 申込書
2 試験の成績
3 留学計画書
4 健康診断書

4番 MP3 03-02-04

1 発表の作業をする
2 みんなの都合を聞く
3 教室を予約する
4 集まる日を連絡する

5番 🎧 MP3 03-02-05

1 列に並ぶ

2 整理券をもらう

3 パンフレットを買う

4 席に座って待つ

もんだい
問題 2 (MP3) 03-02-06

　問題 2 では、まず質問を聞いてください。そのあと、問題用紙のせんたくしを読んでください。読む時間があります。それから話を聞いて、問題用紙の 1 から 4 の中から、最もよいものを一つ選んでください。

例

1　歌が上手だから

2　フレンドリーなイメージがあるから

3　ダンスが上手だから

4　ハンサムだから

1番 (MP3) 03-02-07

1 キャプテンの技術がすぐれていたから

2 監督の指示がよかったから

3 相手チームに強い選手がいなかったから

4 普段の練習どおりにできたから

2番 (MP3) 03-02-08

1 薄いグラス 50個

2 厚いグラス 50個

3 薄いグラス 40個

4 厚いグラス 40個

3番 MP3 03-02-09

1 準備が間に合わないこと

2 会場が決まらないこと

3 人手不足

4 イベント当日の天気

4番 MP3 03-02-10

1 本や漫画を買う学生が減った

2 貯金をする学生が増えた

3 友人との交流にお金を使う学生が減った

4 趣味にお金を使う学生が増えた

5 番 （MP3 03-02-11

1 色違いのTシャツで3色以内のデザイン

2 全部同じ色のTシャツで3色以内のデザイン

3 色違いのTシャツで4色以上使ったデザイン

4 全部同じ色のTシャツで4色以上使ったデザイン

6 番 （MP3 03-02-12

1 新しい市場をつくってきたから

2 自社で企画から販売まで手掛けたから

3 商品を安く売る努力をしたから

4 パソコンを使うときのメガネを開発したから

　問題 3 では、問題用紙に何もいんさつされていません。この問題は、全体としてどんな内容かを聞く問題です。話の前に質問はありません。まず話を聞いてください。それから、質問とせんたくしを聞いて、1 から 4 の中から、最もよいものを一つ選んでください。

－メモ－

もんだい
問題4 🎧 MP3 03-02-19〜31

　問題4では、問題用紙に何もいんさつされていません。まず文を聞いてください。それから、それに対する返事を聞いて、1から3の中から、最もよいものを一つ選んでください。

－メモ－

問題5 （MP3 03-02-32~34）

問題5では、長めの話を聞きます。この問題には練習はありません。

メモをとってもかまいません。

1番、2番

問題用紙に何もいんさつされていません。まず話を聞いてください。

それから、質問とせんたくしを聞いて、1から4の中から、最もよいもの

を一つ選んでください。

—メモ—

3番 (MP3) 03-02-35~36

まず話を聞いてください。それから、二つの質問を聞いて、それぞれ問題用紙の1から4の中から、最もよいものを一つ選んでください。

質問1

女の人が泊まりたかったのはどれですか。

1　Aプラン

2　Bプラン

3　Cプラン

4　Dプラン

質問2

二人はどこに泊まることにしましたか。

1　Aプラン

2　Bプラン

3　Cプラン

4　Dプラン

もんだい
問題1 📢 MP3 03-03-00

　問題1では、まず質問を聞いてください。それから話を聞いて、問題用紙の1から4の中から、最もよいものを一つ選んでください。

れい
例

1　水でうがいすること

2　お茶でうがいすること

3　お茶でうがいして、適度に運動もすること

4　適度に運動すること

1番 （MP3）03-03-01

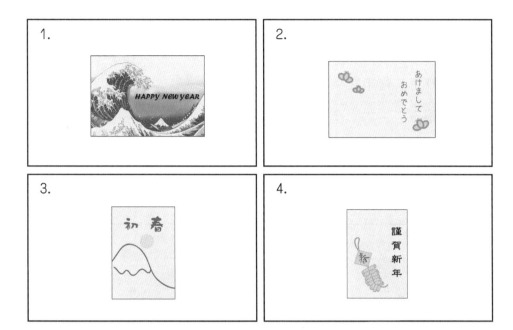

2番 （MP3）03-03-02

1 クリーニング店とスーパー

2 コンビニとスーパー

3 クリーニング店とコンビニ

4 本屋とスーパー

3番 🎧 MP3 03-03-03

1　次の駅で降りて、駅でお土産を探す

2　次の駅で降りて、デパートでお土産を探す

3　次の駅で降りて、電車を乗り換える

4　最寄り駅で降りて、お土産を買う

4番 🎧 MP3 03-03-04

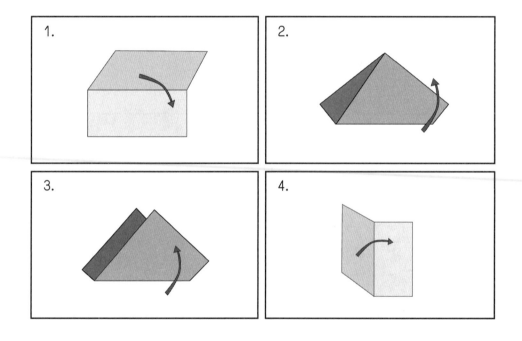

5番 (MP3) 03-03-05

1 資料を会議室に運んで、会議の議事録を作る

2 会議の議事録を作って、会議室の暖房をつける

3 会議の議事録を作って、資料の数字を確認する

4 森川さんに資料の数字の確認を頼んで、会議の議事録を作る

問題 2 🎧 MP3 03-03-06

　問題2では、まず質問を聞いてください。そのあと、問題用紙のせんたくしを読んでください。読む時間があります。それから話を聞いて、問題用紙の1から4の中から、最もよいものを一つ選んでください。

例

1　歌が上手だから

2　フレンドリーなイメージがあるから

3　ダンスが上手だから

4　ハンサムだから

1番 (MP3) 03-03-07

1 ガイドが怖い人だったから

2 一緒に行った人が時間を守らなかったから

3 天候に恵まれず旅行が中止になったから

4 行きたいところへ行けなかったから

2番 (MP3) 03-03-08

1 動かないように強く抑えて病院へ連れて行く

2 骨折したところを心臓より高くして病院へ連れて行く

3 固定して、冷やしながら病院へ連れて行く

4 すぐ119番に電話して状況を説明する

3番 🎧 MP3 03-03-09

1　10 周年を迎えたから

2　仕事の内容が変わったから

3　本社を海外に移すから

4　海外支店を作るから

4番 🎧 MP3 03-03-10

1　ふるさとの人を助けるため

2　現地の様子を知るため

3　就職活動のため

4　ボランティアを連れて行くため

5番 🎧 MP3 03-03-11

1 毎日走ってタイムを記録する

2 バトンを渡す練習をする

3 腕や足のフォームを研究する

4 速い人と一緒に走る

6番 🎧 MP3 03-03-12

1 試験勉強をしていたから

2 言われた仕事をやらなかったから

3 客に失礼な態度をとったから

4 仕事が遅いから

もんだい
問題 3 (MP3) 03-03-13~18

　問題3では、問題用紙に何もいんさつされていません。この問題は、全体としてどんな内容かを聞く問題です。話の前に質問はありません。まず話を聞いてください。それから、質問とせんたくしを聞いて、1から4の中から、最もよいものを一つ選んでください。

―メモ―

もんだい
問題4 ^{MP3} 03-03-19~31

問題4では、問題用紙に何もいんさつされていません。まず文を聞いてください。それから、それに対する返事を聞いて、1から3の中から、最もよいものを一つ選んでください。

－メモ－

もんだい
問題 5 　🎧 MP3 ▶ 03-03-32~34

問題 5 では、長めの話を聞きます。この問題には練習はありません。

メモをとってもかまいません。

1番、2番

問題用紙に何もいんさつされていません。まず話を聞いてください。それから、質問とせんたくしを聞いて、1から4の中から、最もよいものを一つ選んでください。

－メモ－

3番 🎧MP3 03-03-35~36

まず話を聞いてください。それから、二つの質問を聞いて、それぞれ問題用紙の1から4の中から、最もよいものを一つ選んでください。

質問1

1 佐藤さんと同じ考え
2 鈴木さんと同じ考え
3 山田さんと同じ考え
4 北川さんと同じ考え

質問2

1 佐藤さんと同じ考え
2 鈴木さんと同じ考え
3 山田さんと同じ考え
4 北川さんと同じ考え

模擬試題第1回　スクリプト詳解

問題1	1	2	3	4	5	
	4	1	4	3	4	

問題2	1	2	3	4	5	6
	2	1	2	3	1	4

問題3	1	2	3	4	5	
	2	2	1	1	2	

問題4	1	2	3	4	5	6	7
	1	1	2	1	1	3	2
	8	9	10	11	12		
	2	1	2	3	1		

問題5	1	2	3				
			質問1	質問2			
	4	3	3	4			

（M：男性　F：女性）

問題1

1番 　MP3 03-01-01

店の人と男の人が話しています。男の人はどれを買いますか。

M： 今、よく売れてるのってどれですか。

F： こちらのクッキーとチョコレートと紅茶の詰め合わせでございますね。

M： 3 500円か……。ちょっと高いかな。

F： 2 500円のもございます。

店員跟男性正在交談，男性決定買哪一個？

M： 現在最暢銷的是哪一種？

F： 是這種餅乾、巧克力、紅茶的組合。

M： 要 3500 日圓啊，有點貴耶。

F： 也有 2500 日圓的。

M ： これですね。クッキーかチョコレートのいずれかってことですね。紅茶（こうちゃ）ねえ。どうかな。

F ： 紅茶（こうちゃ）はコーヒーに変（か）えることもできますが。

M ： じゃ、それでお願（ねが）いします。それから、チョコレートよりクッキーがいいな。うーん、でも、ちょっとさびしいかな。やっぱり、クッキーとチョコレートのほうを包（つつ）んでください。

F ： はい、かしこまりました。

男（おとこ）の人（ひと）はどれを買（か）いますか。

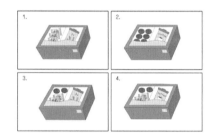

1 2500円（にせんごひゃくえん）／クッキー／紅茶（こうちゃ）
2 2500円（にせんごひゃくえん）／チョコレート／コーヒー
3 3500円（さんぜんごひゃくえん）／クッキー／チョコレート／紅茶（こうちゃ）
4 3500円（さんぜんごひゃくえん）／クッキー／チョコレート／コーヒー

2番 （MP3）03-01-02

旅館（りょかん）の人（ひと）と男（おとこ）の人（ひと）が話（はな）しています。男（おとこ）の人（ひと）はこの後（あと）どうしますか。

M ： もしもし、きょう予約（よやく）してある紺野（こんの）です。今（いま）、高野駅（たかのえき）を降（お）りたところなんですが、これからバスに乗（の）り換（か）えて、そちらに行（い）きますので、6時（ろくじ）前後（ぜんご）になるかと思（おも）うんですが。

M ： 就是這個嗎？這種組合是餅乾和巧克力任選其一嗎？是搭配紅茶啊，那就要想想了。

F ： 紅茶也可以更換為咖啡。

M ： 那，我就買這個了。還有，餅乾應該比巧克力好吧，嗯～不過感覺內容有點少，還是幫我包這個餅乾和巧克力的組合吧。

F ： 好的。

男性決定買哪一個？

1. 2500日圓／餅乾／紅茶
2. 2500日圓／巧克力／咖啡
3. 3500日圓／餅乾／巧克力／紅茶
4. 3500日圓／餅乾／巧克力／咖啡

正解：4

旅館的服務生和男性正在交談，男性之後要做什麼事呢？

M ： 喂，您好，我是今天有預約的紺野，我現在剛從高野站下車，等一下要轉乘公車到旅館，可能六點左右會到……

F ： 紺野様、お迎えに上がりましょうか。バスがうまくあるかどうかわかりませんし。

M ： そうですか。じゃ、どこまで行けばいいでしょうか。

F ： 大塚線の喜多町駅まで来られますか。

M ： 大塚線の喜多町駅ですね。はい、はい、大丈夫です。

F ： 喜多町駅は普通電車しか止まりませんのでお気をつけください。

M ： わかりました。じゃ、喜多町駅に着いたら、もう一度お電話します。

F ： いえいえ、すぐ車を出しますので、改札を出たところでお待ちください。車にうちの旅館の名前が書いてありますので。

M ： はい、じゃ、お願いします。

男の人はこの後どうしますか。
1. 電車を乗り換える
2. このまま同じ電車に乗って行く
3. バスに乗り換える
4. 車に乗り換える

F ：	紺野先生，我到車站去接您好嗎？因為不知道公車是否會按時行駛。
M ：	這樣啊，那麼，我要到哪裡去才好呢？
F ：	您能夠搭到大塚線的喜多町站嗎？
M ：	大塚線的喜多町站嗎？好，好，沒問題。
F ：	喜多町站只有普通電車會靠站，請您留心。
M ：	我知道了，那等我到喜多町站之後，我再打電話給你。
F ：	沒關係，馬上會派車子過去，請您在出剪票口處稍等一下，車身上有本旅館的名字。
M ：	我知道了，那就麻煩你了。

男性之後要做什麼事呢？
1. 轉乘電車
2. 繼續搭原本的電車
3. 轉乘公車
4. 轉乘車子

正解：1

3 番 MP3 03-01-03

男の人と女の人が話しています。男の人はこれから何を準備しますか。

M ： 花見の時って、公園にゴミを捨てられるのかな。

F ： あの公園はゴミ箱を準備してくれてるわ。もちろん分別しなきゃだめだけど。

M ： じゃ、ゴミ袋は分別ごとに数枚用意しておくほうがいいよね。

一男一女正在交談，男性在這之後要準備什麼呢？

M ： 賞花時，可在公園丟垃圾嗎？

F ： 那個公園裡有準備垃圾桶，當然得先分類才能丟。

M ： 所以我們還是準備幾個分類用的垃圾袋比較好吧？

F ： そうね。えっと、そこのゴミの分別は3種類ね。まず、資源ゴミの瓶、缶、ペットボトル、それから、燃えるゴミと燃えないゴミ。

M ： 資源ゴミは透明、燃えるゴミと燃えないゴミは黒の大型のビニール袋でどうかな。

F ： そうだね。3種類の色のゴミ袋を用意するのも面倒だしね。浅田さんが燃えるゴミ、私が燃えないゴミを最後に集めればいいよね。ねえ、資源ゴミだけど、それぞれ違う袋に入れといたほうがゴミを収集する人にとって便利なんじゃないかな。

M ： そうだね。じゃ、そうしよう。

男の人はこれから何を準備しますか。
1. 透明のゴミ袋を1枚と黒いゴミ袋を1枚
2. 透明のゴミ袋を1枚と黒いゴミ袋を2枚
3. 透明のゴミ袋を3枚と黒いゴミ袋を1枚
4. 透明のゴミ袋を3枚と黒いゴミ袋を2枚

F ： 是啊，那裡的垃圾分類有三種。首先是要資源回收的瓶罐、保特瓶，還有可燃和不可燃垃圾。

M ： 資源回收用透明的袋子，可燃和不可燃垃圾就用大型的黑色塑膠袋妳看怎麼樣？

F ： 這樣啊，要準備三種不同顏色的垃圾袋很麻煩呢。最後由淺田先生收集可燃垃圾，我來收集不可燃垃圾就可以了吧。對了，資源回收，各自放在不同的袋子裡，是不是對回收的人比較方便呢？

M ： 說得也對，那就這麼辦吧。

男人在這之後要準備什麼呢？

1. 透明垃圾袋1個和黑色垃圾袋1個

2. 透明垃圾袋1個和黑色垃圾袋2個

3. 透明垃圾袋3個和黑色垃圾袋1個

4. 透明垃圾袋3個和黑色垃圾袋2個

正解：4

4番 🎧MP3 03-01-04

上司と部下の女性が話しています。女の人はこの後まず何をしますか。

F ： 新しい旅行のポスターなんですが、ご覧いただけますか。

M ： 3泊4日でテーマパークチケットと往復の新幹線チケット付きのフリープランで2万9800円。食事は付かない。内容はぜんぶ入ってるけど、どこが売りなのかわかんないね。

上司和女下屬正在交談，女性在這之後首先要做什麼事？

F ： 這是新的旅遊海報，可以請您過目嗎？

M ： 四天三夜，加上主題公園門票和新幹線來回票的自由行行程，29800日圓，不供應三餐，雖然內容全都寫了，但不知道賣點在哪裡呢。

F ： そうですね。目玉の部分は低価格なんですが。

M ： じゃ、それを強調してください。

F ： とおっしゃいますと、格安の文字を大きくするということですか。

M ： それより値段自体をバンとほかのより大きめに。

F ： はい。課長、イラストはいかがですか。

M ： 私はいいと思うよ。そうだ、食事の部分も削ったらどうかな。

F ： わかりました。では、作り直してもう一度持ってきます。

女の人はこの後まず何をしますか。
1. 格安の文字を大きくする
2. 格安と値段の文字を大きくする
3. 食事の項目を消して、値段を拡大する
4. 格安の文字を拡大して、イラストをかき直す

F ： 說得也是，引人注目的部分就是低價格這一點。

M ： 那麼就請妳強調這一點。

F ： 您的意思是要把特價的字體加大嗎？

M ： 不如把價格本身弄得比其他字都大吧。

F ： 好的。課長，插圖的部分如何呢？

M ： 我覺得很好啊。對了，要不要把餐點的部分刪掉？

F ： 我知道了，那麼等我重新做好再拿過來。

女性在這之後首先要做什麼事呢？
1. 放大特價的字體
2. 放大特價和價格的字體
3. 刪除餐點這項，放大價格字體
4. 放大特價的字體，重新畫插圖

正解：3

5番 MP3 03-01-05

女の人と男の人が話しています。男の人は女の人に何をかばんに入れるように頼みましたか。

F ： 出張の準備はできたの？

M ： うん。その書類が入ってるバッグで行くつもり。

F ： あら、ワイシャツ1枚とネクタイ1本で足りるの？

M ： 足りるだろ。あんまり荷物増やしたくないし。

一女一男正在交談，男性要女性把什麼東西放進包包？

F ： 出差的準備都弄好了嗎？

M ： 嗯，我要帶著那個裝文件的包包去。

F ： 哎呀，帶一件襯衫跟一條領帶就夠了嗎？

M ： 應該夠吧，我不想再增加行李了。

F： でも、夏なんだから、毎日変えないと。

M： じゃ、もう1枚入れといてくれる？ネクタイはいいよ。

F： ネクタイはそんなに荷物にならないんじゃない？

M： じゃ、それもお願い。ごめん、充電が終わったら、その充電器、内ポケットに放り込んどいて。名刺が入ってるだろ。

F： ああ、ここね。わかったわ。

男の人は女の人に何をかばんに入れるように頼みましたか。

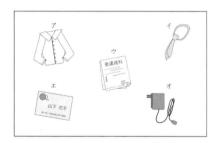

ア． ワイシャツ

イ． ネクタイ

ウ． 書類

エ． 名刺

オ． 携帯の充電器

1. ア　イ　エ
2. イ　ウ　オ
3. ウ　エ　オ
4. ア　イ　オ

F： 但是，現在是夏天，應該要每天換衣服吧。

M： 那麼，可以幫我再帶一件襯衫嗎？領帶就不用了。

F： 領帶並沒有那麼佔空間吧？

M： 那領帶也麻煩你了。不好意思，充電充好的話，可以把那個充電器丟進內袋裡嗎？名片在裡面吧。

F： 啊，是這裡吧！我知道了。

男性要女性把什麼東西放進包包？

ア・襯衫

イ・領帶

ウ・文件

エ・名片

オ・手機充電器

正解：4

179

問題2

1番 (MP3) 03-01-07

男の人と女の人が話しています。男の人はどうしてコンサートに行きませんか。

M： 残業ですか。手伝いましょうか。

F： あれ？きょうはコンサートだったんじゃないの？

M： 結局やめたんですよ、行くの。

F： いい席がなかったの？離れた席しか残ってなかったとか。

M： いや、いっしょに行くはずだった友達がね。

F： 急に用事が入っちゃったんだ。

M： そうじゃなくて、いい席しか残ってなかったんです。友達にそんないい席、手が出ないから予約しないでくれって言われて。

F： そう。残念だったわね。それじゃって言っちゃなんだけど、忙しいから手伝ってくれる？

M： はい。

男の人はどうしてコンサートに行きませんか。
1. 並んだ席が取れなかったから
2. 安い席のチケットが買えなかったから
3. 友達が急に行けなくなったから
4. 仕事が忙しくなったから

一男一女正在交談，男性為什麼不去演唱會呢？

M： 妳在加班啊？需要幫忙嗎？

F： 咦？你今天不是要去演唱會嗎？

M： 後來我還是放棄不去了。

F： 是因為沒有好位置嗎？像是只剩下很遠的位置之類的。

M： 不，是因為本來要一起去的朋友……

F： 原來是朋友突然有事啊。

M： 也不是這樣，是因為只剩下好的位置，我朋友說那麼好的位置他買不起，叫我不要訂票。

F： 這樣啊，那真可惜。那真是不好意思，我現在很忙，你能幫我的忙嗎？

M： 好。

男性為什麼不去演唱會呢？

1. 因為買不到並排的座位
2. 因為買不到便宜的座位的票
3. 因為朋友突然不能去
4. 因為工作很忙

正解：2

2番 MP3 03-01-08

女の人と男の人が話しています。女の人はどうして1人で完成させると言っているのですか。

F ： ああ、イライラする。

M ： どうしたの？仕事の締め切り前？できることがあったら言ってよ。

F ： ありがとう。でも、今回自分でやりとげるって決めたから。

M ： でも、間に合わなかったら、課長に怒られるよ。

F ： 怒られないようにがんばるわ。いつも誰かに手伝ってもらってばかりじゃいつまでたっても一人前にはなれないから。

M ： そう。じゃ、邪魔しないよ。がんばってね。

F ： はい。早く1人で仕事ができるようになります。

女の人はどうして1人で完成させると言っているのですか。

1. 自分を成長させたいから
2. 1人でするように課長に言われたから
3. 男の人に仕事を邪魔されたくないから
4. 1人で仕事をするほうが早いから

一女一男正在交談，女性為什麼說要一個人把事情完成呢？

F ： 啊，好煩躁啊。

M ： 怎麼了嗎？工作的完成期限快到了嗎？如果有我能幫上忙的地方就跟我說吧。

F ： 謝謝，不過這次我決定要靠自己完成。

M ： 不過若來不及完成，會被課長罵喔。

F ： 我會努力不至於被他罵，總是請別人幫忙的話，就永遠無法獨當一面了。

M ： 是喔，那我不打擾妳囉，加油囉！

F ： 好的，我會儘早變得能獨立作業的。

女性為什麼說要一個人把事情完成呢？

1. 因為想讓自己成長
2. 因為課長要求她獨立作業
3. 因為不想被男性打擾工作
4. 因為一個人工作比較快

正解：1

3番 MP3 03-01-09

男子学生が話しています。男子学生はいちばん大きな変化は何だと言っていますか。

M： 物を捨てるのはもったいなくて、今までなかなかできずにいたんだ。でも、部屋に物が溢れてて友達を呼ぶどころじゃなかった。それで、2年間使ってないものがあったら捨てると決めて、それを実行したんだ。すると、何か買う前にじっくり考えるようになってる自分に気づいたよ。本当に必要なものしか買わないから、無駄なお金も使わなくなったし、部屋も使えるスペースが広がったし、学校に行く前にあれこれ探したりしなくて済むようになった。捨てる時はまた必要になるんじゃないかと思って迷ったけど、捨ててよかったと思う。

男子学生はいちばん大きな変化は何だと言っていますか。
1. お金を貯められるようになったこと
2. 買う前に必要かどうか考えるようになったこと
3. 部屋が広くなったこと
4. 必要なものがすぐに見つかるようになったこと

一位男學生正在說話，男學生表示自己最大的變化是什麼呢？

M： 我因為覺得丟掉東西很浪費，一直以來都沒辦法把東西丟掉，但是，我房間裡堆滿了東西，根本沒辦法叫朋友來玩。因此我決定把這兩年沒用到的東西丟掉，也執行了這件事，結果我發現自己在買東西之前都會深思熟慮了。因為只買真正必要的東西，所以不會浪費錢，房間裡的空間也變大了，上學前也不需要東翻西找的了。要丟掉的時候我還猶豫會不會需要用到，但現在覺得丟掉這些東西真是太好了。

男學生表示自己最大的變化是什麼呢？
1. 變得能夠存錢
2. 變得會在購物之前思考是否有必要
3. 房間變大了
4. 變得能馬上找到必要的東西

正解：2

4番 MP3 03-01-10

女の人が話しています。このラーメン店が有名になったいちばんの理由は何ですか。

F ： ラーメン店「一番亭」は5年前のオープン当時から、スープがおいしいと評判でしたが、最近、並んでも食べられない日があるほどの人気になっています。それはやはりスープと関係があるんです。「一番亭」の店主は愛情を込めて作ったスープをなんとかぜんぶ飲んでもらいたいと思い、こんなアイディアを考え出しました。底に大当たりと書かれた丼を作って、その丼で食べた客はラーメンがタダになるというのはどうだろうかと。そして、それがおもしろいとインターネットで話題になって、お客が増えたというわけなんです。しかし、店主は行列ができるほどの話題になるとは予想していなかったそうです。

このラーメン店が有名になったいちばんの理由は何ですか。

1. スープがおいしいから
2. ラーメンが無料になる日があるから
3. 食器を変えたから
4. インターネットで新メニューが話題になったから

一位女性正在說話，這家拉麵店變有名的最大的理由是什麼呢？

F ： 拉麵店「一番亭」從五年前開幕時，就有湯頭美味的評價，但最近甚至受歡迎到有時候連排隊也吃不到，這當然是跟湯頭有關係。「一番亭」的老闆希望顧客能將他精心熬煮的湯頭全部喝完，於是想出了這樣的點子。製作了在碗底寫著中獎的碗，用到那個碗的客人可以免費吃拉麵等等。後來，因為有趣而在網路上造成話題，來客數也增加了。然而據說老闆並沒有預料到這話題竟會造成大排長龍。

這家拉麵店變有名的最大的理由是什麼呢？

1. 因為湯頭好喝
2. 因為有拉麵免費日
3. 因為改變了餐具
4. 因為新菜單在網路上造成話題

正解：3

男の人と女の人が話しています。男の人は何のためにイタリアへ行くのですか。	一男一女正在交談，男性去義大利的目的是什麼呢？

男の人と女の人が話しています。男の人は何のためにイタリアへ行くのですか。

M ： 来週、有給休暇を取るので、仕事のほうよろしくお願いします。

F ： はい。確か、ヨーロッパのほうでしたね。

M ： ええ。イタリアです。出張では何度か行ったことがあるんですが、仕事の時は観光どころじゃありませんから。

F ： じゃ、今回は建築物や絵画を見たり、イタリア料理を食べたりするのが目的ですか。

M ： 妻はそうみたいですね。ショッピングにはあまり興味がないみたいだけど。

F ： ってことは石田さんはショッピングですか。

M ： いいえ、僕は応援です。友人の。

F ： お友達がサッカー選手かなんかなんですか。

M ： ええ、留学中に知り合ったやつでね。むこうは忙しいから、話す時間はないと思いますが、せめて応援だけでもって思ってます。

男の人は何のためにイタリアへ行くのですか。

1. サッカーを見るため
2. 観光のため
3. 友人に会うため
4. 仕事のため

一男一女正在交談，男性去義大利的目的是什麼呢？

M ： 下禮拜我請了年假，所以工作就麻煩妳幫忙了。

F ： 好的。我記得你是要去歐洲吧。

M ： 嗯，我要去義大利。雖然出差時去過幾次，但畢竟工作時根本沒辦法觀光。

F ： 那你這次去的目的是欣賞建築物跟繪畫，或是品嘗義大利料理嗎？

M ： 我太太的目的好像是這樣，她對於逛街購物沒什麼興趣的樣子。

F ： 所以意思是說石田先生你的目的是逛街購物囉？

M ： 不，我是去幫朋友加油。

F ： 你的朋友是足球選手之類的嗎？

M ： 嗯，是我留學的時候認識的。因為他很忙，我想沒什麼時間聊天，但我想至少去幫他加油。

男性去義大利的目的是什麼呢？

1. 去看足球
2. 去觀光
3. 去和朋友見面
4. 去工作

正解：1

女子学生と男子学生が話しています。女子学生は何を
改善してほしいと思っていますか。

F ： さっきの試験どうだった？

M ： 文法はあまり難しくなかったけど、読解はゆっ
くり読んだり、考えたりする時間がなくて、で
きてるかどうかわからない。高橋さんは？でき
た？

F ： 私も読解は時間が足りなかったな。でも、それ
よりも聴解。

M ： 難しかったな。2番目の答えを聞くと、1番目の
答えは忘れてるし、問題聞いてたら、眠くなる
し。

F ： 確かに。本当に寝ちゃう人もいるらしいからね。
私は問題の難易度よりも、問題の音が。

M ： 音が聞こえないなら、試験監督に言えばよかっ
たのに。

F ： そうじゃなくて、CDの音が割れてはっきり聞こ
えないところがあったの。それはなんとかして
ほしいな。

女子学生は何を改善してほしいと思っていますか。
1. 聴解試験のCDの速度を落としてほしい
2. 聴解試験のCDの音を大きくしてほしい
3. 聴解試験では正しい発音のCDを使ってほしい
4. 聴解試験の音質をよくしてほしい

女學生和男學生正在交談，女學
生希望什麼能改善呢？

F ： 剛才的考試如何？

M ： 文法是沒有很難，但是閱讀
測驗沒有時間好好閱讀跟思
考，我也不知道考得好不
好。高橋同學妳呢？考得好
嗎？

F ： 我也沒時間完成閱讀測驗，
但是比起這個，我覺得聽力
測驗更難。

M ： 真的好難喔，聽了第二個答
案，就忘了第一個答案，聽
題目時也好睏。

F ： 真的，搞不好真的有人睡著
呢。我覺得比起問題的難易
度，題目的聲音也有問題。

M ： 如果聽不到聲音的話，妳應
該和監考老師說啊。

F ： 不是啦，我是說CD的聲音
破音，有一些地方聽不太清
楚，真希望這方面多少能改
進一下。

女學生希望什麼能改善呢？

1. 希望聽力測驗的CD速度能放慢
2. 希望聽力測驗的CD聲音能放大
3. 希望聽力測驗能使用發音正確
   的CD
4. 希望聽力測驗的音質能變好

正解：4

問題 3

1 番　🎧 MP3 03-01-14

市の職員が話しています。

M： 市では、瓶、缶、紙の資源ゴミは毎週水曜日に回収しております。紙類は汚れのないものだけリサイクルできます。紙にビニールなどがコーティングされたものや汚れているものは除きますので、ご注意ください。新聞、コピー用紙、ちらし、封筒、紙製の箱、雑誌などはいっしょに束ねて出すようにしてください。なお、資源ゴミの分別の仕方、出し方をわかりやすく説明した冊子は市役所の地域振興室で配布しておりますので、ご利用ください。また、市のホームページからもダウンロードできます。

男の人は何について話していますか。
1. 資源ゴミを出す曜日について
2. 紙のリサイクルについて
3. ビニールのリサイクルについて
4. 資源ゴミの出し方について

市公所的職員正在說話。

M： 在本市，每週三都會回收瓶、罐、紙類等資源垃圾，紙類只有沒有附著髒汙的才能回收，紙類如果表面有塑膠膜或是有髒汙，是不在回收範圍內的，請特別注意。請將報紙、影印用紙、廣告傳單、信封、紙盒、雜誌等綑起來一併回收。此外，清楚解說資源垃圾的分類方法和丟棄方法的冊子在市公所的地域振興室開放索取，請多加利用。另外，在本市的網頁也可以下載。

男性的談話內容和什麼有關呢？
1. 可以丟資源回收垃圾的日子
2. 紙類回收
3. 塑膠回收
4. 資源回收垃圾的丟棄方法

正解：2

2番 （MP3 03-01-15）

女の人が話しています。

F： 梅雨明けの頃から熱中症になる人が増えてきます。熱中症はひどくなると命にもかかわりますから、まだ夏じゃないからと甘く考えず、注意してください。暑い日はもちろん、急に蒸し暑くなった時は無理をせず、適度に休憩をとるようにしてください。カゼ気味や睡眠不足の時は特に気をつけてください。それから、水分の補給も忘れないでくださいね。水だけでなく、塩分や糖分もとるようにしてください。もし、倒れたり、まっすぐ歩けない、水分が自分でとれないなどの状態になったら、すぐ救急車を呼んでください。

何について話していますか。
1. 熱中症の原因について
2. 熱中症の予防について
3. 熱中症になった時の対処法について
4. 熱中症になりやすい条件について

一位女性正在說話。

F： 從梅雨季結束以來，中暑的人就持續增加。如果中暑很嚴重，也會威脅到生命，因此不能認為還不是夏天就大意，要多加留意。天氣熱的時候就不用說了，忽然變悶熱的時候也不要勉強自己，要適度地休息。感覺快要感冒和睡眠不足時更需要特別注意。另外，也不要忘記補充水分喔。不只是水分，也要攝取鹽分和糖分。如果出現昏倒，或是無法直線行走、無法自行攝取水分的情況時，請立刻呼叫救護車。

請問談話內容與什麼有關？
1. 中暑的原因
2. 中暑的預防
3. 中暑時的處置方法
4. 容易中暑的條件

正解：2

3番 🎧 MP3 03-01-16

男の人が話しています。

M： お客様は意識的にせよ、無意識にせよ、自分が払った料金に見合った物やサービスであるかを判断しています。安いレストランの場合は、味も、サービスもそこそこであればいいと考えています。ですから、冷めていたり、まずくない限り、文句を言われることはほとんどありませんし、お店も清潔であってほしいと思うだけで、高級感あふれるおしゃれな内装を期待して来店するということはありません。ですから、それを上回る味や店舗やサービスを提供すると、お客様は支払った料金にお得感や安いという印象を持ち、また来ようという気持ちになるのです。

何について話していますか。
1. 客の心理について
2. この男性がまた来たいと思った店について
3. 客が期待するサービスについて
4. 上手な経営方法について

一位男性正在說話。

M： 客人有意無意都會判斷自己所支付的金錢和購買的物品或服務是否價值相符。如果是便宜的餐廳，口味和服務不要太差就可以了。因此，料理涼掉，只要不難吃，幾乎不會被抱怨，店裡也只要乾淨就好，不會有人期待充滿高級感的時尚裝潢。因此，如果提供比普通更美味的口味、店舖和服務，客人就會覺得划算或便宜，會想再來這家店。

男性的談話內容和什麼有關？
1. 客人的心理
2. 這位男性想要再度造訪的店
3. 客人期待的服務
4. 厲害的經營方法

正解：1

4番 🎧 MP3 03-01-17

女の人と男の人が話しています。

M： 朝礼をこれからも続けるかどうかのアンケートだけど、みんなメールで回答してくれてる？

F： ええ、長くなければいいんじゃないかって意見が多いですね。連絡事項ならメールで送ってもいいんでしょうけど、朝礼なら、顔を合わせていっしょに確認できますからね。

一女一男正在交談。

M： 關於朝會之後要不要繼續的問卷，大家都有用郵件回覆嗎？

F： 嗯，表示只要朝會時間不長，可以接受的意見很多呢，聯絡事項用電子郵件傳送也可以，但如果有朝會，就能夠碰面一起確認了。

M： うん、そこがいいよね。メールだと解釈が一人一人微妙に違ってくるし、文字だけだと、命令しているように受け取られたり、気持ちが伝わりにくいからね。社内メールだから、顔文字で気持ちを伝えるわけにもいかないし。

F： ですよね。

M： 長くなければっていうのは、具体的に何分くらいのことを言ってるの？

F： 5分以内と回答している人がいちばん多かったです。

M： それ以上になると時間の無駄だと考える人が出てくるってことだね。

女の人は朝礼についてどう考えていますか。

1. 業務連絡の確認ができるのでやったほうがいいと思っている
2. 連絡事項はメールで送ればいいので、朝礼は必要ないと思っている
3. 5分程度なので、やってもいいと思っている
4. 時間の無駄なので、やらないほうがいいと思っている

M： 對，就是這點很好。如果是電子郵件的話，每個人的解讀都會有點不同，如果只靠文字傳遞，會讓人有被命令的感覺，感情也難以傳達。因為公司內部的電子郵件，當然也不可能用表情符號傳達心情。

F： 是啊。

M： 所謂的只要時間不長，具體來說大概是指幾分鐘左右呢？

F： 回答五分鐘以內的人是最多的。

M： 也就是說也有人覺得五分鐘以上就是浪費時間囉。

女性對朝會的看法如何？

1. 因為可以確認公事上的聯絡事項，覺得有朝會比較好
2. 因為聯絡事項用郵件傳送就可以，覺得沒有朝會的必要
3. 因為大概只會花五分鐘，覺得有朝會也不錯
4. 因為浪費時間，所以覺得不要有朝會比較好

正解：1

男子学生と女子学生が話しています。

M： ノート、ありがとう。

F： いいえ。

M： あのさ、ここがよくわからなかったんだけど。

F： 汚い字だから、読めなかった？

M： そうじゃなくて、ほら、ここ。意味がよくわからなくて。

F： ああ、そこは私もあまりわからなくて、ちょっと見せて。ああ、自分でも何が書いてあるか、よくわかんない。

M： じゃ、いっしょに先生に聞きに行こうか。

F： うん、うん、それがいいね。でも、私聞いても理解できないと思うから、説明してね。

男學生和女學生正在交談。

M： 謝謝妳的筆記。

F： 不客氣。

M： 對了，這裡我看不太懂。

F： 因為字太醜看不出來嗎？

M： 不是的，妳看，是這裡。我不明白意思。

F： 啊，這裡我也看不太懂，讓我看一下。啊，我自己也看不懂寫了什麼。

M： 那，我們要不要一起去問老師呢？

F： 嗯，嗯，好啊。但是，我覺得我就算聽了也還是不懂，你再教我吧。

男子学生はどうして女子学生に話しかけたのですか。

1. 読めなかったところを説明してほしかったから
2. 理解できなかったところを説明してほしかったから
3. 女子学生を誘って、先生のところに行こうと思ったから
4. 女子学生がわからないところを説明してあげようと思ったから

男學生為什麼要和女學生說話？

1. 因為希望她說明自己看不懂的部分
2. 因為希望她說明自己不了解的部分
3. 因為想邀女學生一起去找老師
4. 因為希望向女學生說明她不懂的地方

正解：2

問題 4

1番 MP3 03-01-20

M： あっ、辞書かばんに入れてこなかった。うっかりしてた。

F： 1. 忘れたの？よかったら、貸そうか。
2. あしたは必ず持ってくるから。
3. 持って行ったほうがいいと思うよ。

M： 啊，我沒把字典放進包包啊。我那時真是心不在焉的。

F： 1. 忘了嗎？願意的話我借你吧。
2. 明天一定會帶來。
3. 我想帶著去比較好喔。

正解：1

2番 MP3 03-01-21

F： コピーしてもらって、助かった。

M： 1. いいえ、お礼なんて言わないでください。
2. コピーですね。何枚必要ですか。
3. コピー機の修理なら、任せてください。

F： 你幫我影印，真是太感謝你了。

M： 1. 不會啦。別說這些客套的虛禮啦。
2. 要影印是嗎？需要幾張呢？
3. 若要修理影印機的話，請交給我。

正解：1

重點解說

「V（テ形）もらって、助かった」的句型可表達他人為自己做了某事時的感謝。

3番 MP3 03-01-22

M： この映画見なきゃよかったなあ。

F： 1. 本当いい映画だよね。見てよかったね。
2. そんなにおもしろくなかったの？
3. まだ見てないなら、いっしょに行かない？

M： 唉，要是沒看這部電影就好了。

F： 1. 真的是好電影呢。有看真是太棒了。
2. 有那麼不好看嗎？
3. 你要是還沒看的話，一起去看看如何呢？

正解：2

4番 (MP3) 03-01-23

F： コーヒーはおかわり自由ですので。	F： 咖啡可以續杯喔。
M： 1. 何杯飲んでもいいなんて、お得だね。	M： 1. 不論要喝幾杯都行，真是太划算了。
2. カップ、このまま置いときます。	2. 杯子我就這樣放著囉。
3. 持って帰ってもいいんだ。	3. 也可以外帶喔。　正解：1

5番 (MP3) 03-01-24

M： ねえ、聞いてよ。大学が決まったんだ。	M： 欸，我跟妳說喔。我升大學的事已搞定啦。
F： 1. それでそんなうれしそうな顔してるんだね。合格おめでとう。	F： 1. 所以你才一副喜孜孜的模樣呢。恭喜你考上啦。
2. 受ける大学決めたんだね。試験、がんばってね。	2. 決定要考哪間大學了呀。接下來的考試要加油囉。
3. 聞いたよ。進学することに決めたんだってね。	3. 我聽說了。聽說你已經決定要繼續升學對吧。
	正解：1

6番 (MP3) 03-01-25

F： テレビつけっぱなしだったわよ。	F： 你怎麼電視開著都不關呢？
M： 1. ニュースの時間だから、つけるよ。	M： 1. 因為是新聞播報的時間，所以才開著嘛。
2. この番組が終わるまで、待ってよ。	2. 我要一直等到這個節目結束啦。
3. ああ、疲れて、眠っちゃって。ごめん。	3. 啊，我太累了就睡著了。抱歉啦。　正解：3

重點解說

「V（マス形）っぱなし（放し）」表示事情做到一半放任不管，沒有好好地做到最後的意思。是一種責備對方的說法。

7 番 03-01-26

M： レポートの発表、やれるだけのことはやろう。	M： 關於報告的發表，我們能做到哪就做到哪吧。
F： 1. うん、精一杯がんばったよね。	F： 1. 嗯。你已經竭盡所能的努力了。
2. 準備したことを無駄にしないようにしよう。	2. 我們別讓已準備的部分白白浪費了。
3. これだけしか準備できなかったんだ。	3. 只準備了這些。　正解：2

重點解說

「やれるだけのことはやろう」（能做到哪就做到哪吧）的「やれるだけ」是在能做的範圍內拼命完成的意思。

8 番 03-01-27

F： 忙しいところ、悪いんだけど。手貸してくれないかな。	F： 您正在百忙之中不好意思打擾您。可以幫我一下嗎？
M： 1. あやまらなくてもいいよ。	M： 1. 你不用道歉啦。
2. 見ての通り、今、手が離せないんだ。	2. 如妳所見，我現在真的抽不了身呀。
3. 大丈夫だよ。さっきは忙しくなかったから。	3. 沒關係。我剛才並不忙。　正解：2

重點解說

「V（テ形）くれないかな」是麻煩對方做某事的表現方式。

9 番 🎧 MP3 03-01-28

M： 佐藤さんに限って遅れるなんてありえないよね。

F： 1. いつも約束の10分前には来てるからね。

　　2. ちゃんと来たためしがないからね。

　　3. 遅れるなら、連絡してほしいよね。

M： 別人我不敢說，但佐藤小姐的話絕不可能遲到啦。

F： 1. 因為她總是提早在約定時間的前10分到嘛。

　　2. 她從來就沒有準時到的紀錄嘛。

　　3. 要是遲到的話，請連絡我喔。

正解：1

! 重點解說

「Nに限って～（否定）」是指只有 N 絕無可能的意思。

10 番 🎧 MP3 03-01-29

F： あいにく山田は出かけておりまして。

M： 1. いつごろお出かけですか。
　　2. 午後は会社にいらっしゃいますか。
　　3. 2時ごろには戻る予定です。

F： 非常不巧，山田先生現正外出喔。

M： 1. 什麼時候出去的呢？
　　2. 那他下午會在公司嗎？
　　3. 預計2點左右回來。

正解：2

11 番 🎧 MP3 03-01-30

M： 料理教室に通っていただけのことはあるね。

F： 1. 通っていたのは5年くらい前ですね。
　　2. 料理が上手なんて知らなかったよ。
　　3. よかった。お口に合って。

M： 這都要歸功於妳有去過料理教室上課。

F： 1. 去上課也是五年前的事了。
　　2. 我不知道妳那麼會做菜耶。
　　3. 還合您胃口真是太好了。

正解：3

重點解說

「普通形＋だけある」的句型用於誇獎他人的所為不負其所付出的努力，或其所為與其地位相符合時。也可用於感到敬佩時。

12番 （MP3） 03-01-31

F ： 資料探しからでも始めてみたら？悩んでても、いいことないよ。

M ： 1. その通りですね。資料を探してみます。

2. そうですね。よく考えたほうがいいですよね。

3. そうだよ。やり始めたほうがいいに決まってるよ。

F ： 試著從找資料來開始進行如何呢？一直煩惱也無濟於事嘛。

M ： 1. 妳說的對。我就試試找資料吧。

2. 是啊。好好思考一下比較好呢。

3. 是啊。事情開始進行就是好的。

正解：1

195

1番 MP3 03-01-33

先輩(せんぱい)と2人(ふたり)の後輩(こうはい)が話(はな)しています。

M1： バイト代(だい)入(はい)るの、あさってなのにお金(かね)ない。毎月(まいつき)、ギリギリになる生活(せいかつ)から脱出(だっしゅつ)したいんだけど。

F： 節約(せつやく)しないからよ。

M2： 計画的(けいかくてき)に使(つか)ってないからじゃないか。

F： あれ、先輩(せんぱい)は計画的(けいかくてき)にお金(かね)をつかっているんですか。

M2： うん、まあね。卒業後(そつぎょうご)の就職(しゅうしょく)のために夜(よる)、勉強(べんきょう)に行(い)っててね、その授業料(じゅぎょうりょう)は払(はら)わないわけにはいかないからね。毎月(まいつき)少(すこ)しずつ貯金(ちょきん)してるんだ。

F： 何(なに)か目的(もくてき)があると節約(せつやく)しようって気(き)になりますよね。私(わたし)もほら。

M2： あっ、そのスカートもブーツも初(はじ)めて見(み)る。

F： だから、久保田(くぼた)君(くん)も何(なに)か目的(もくてき)を作(つく)っちゃえばいいのよ。

M1： ああ、なるほどね。じゃ、飲(の)み会(かい)を減(へ)らして、夏休(なつやす)みの旅行(りょこう)のために、がんばってみようかな。

女子学生(じょしがくせい)は何(なん)のためにお金(かね)を節約(せつやく)していますか。
1. 夏休(なつやす)みに友達(ともだち)と旅行(りょこう)に行(い)くため
2. 友達(ともだち)と食事(しょくじ)に行(い)くため
3. 勉強(べんきょう)するため
4. 服(ふく)と靴(くつ)を買(か)うため

學長和兩位學弟妹正在交談。

M2： 後天才要發打工薪水，但現在卻沒錢了。我都好想脫離這種每個月都拮据的生活。

F： 因為你都不節省啊。

M2： 是不是因為你花錢都沒有計畫啊。

F： 咦，學長你花錢都有計畫嗎？

M2： 嗯，是啊。為了畢業後求職，我晚上去上課，那邊的學費總不能不付呀，所以我每個月都多少會存一點錢的。

F： 如果有什麼目標的話，就會想要節省吧。我也是呀。

M2： 啊，這件裙子和這雙靴子都是第一次看到。

F： 所以說，久保田也訂個什麼目的就好啦。

M1： 啊，原來如此。那，我會少去喝酒，為了夏天的旅遊努力看看吧。

女學生為了什麼事情而節省花費？
1. 為了在暑假時和朋友去旅行
2. 為了和朋友去聚餐
3. 為了念書
4. 為了買衣服和靴子

正解：4

2番 MP3 03-01-34

店の人と客2人が話しています。

F1： 本日のランチをご紹介いたします。Aランチはパスタ、サラダ、ドリンクで、900円、Bランチはピザにサラダとドリンクで 950円、CランチはAランチまたは、Bランチにスープとデザートが付きまして 1200円、Dランチは本日水曜日の限定メニューになりまして、本日はグラタンでございます。それから、Dランチですが、サラダとドリンクだけの場合は 900円、サラダ、スープ、デザート、ドリンクの場合は 1100円となっております。お決まりになりましたら、お声おかけください。

M： ハラ減ってるから、いちばん高いの。

F2： 私はいちばん安いのでいいわ。パスタ？ピザ？

M： やっぱりピザかな。森永さん、それで5時までもつ？ケーキとスープもプラスしたら？

F2： スープはいいんだけど、甘いものは苦手なの。佐藤さんは好きなの？

M： うん、目がないんだ。

F2： ふーん。

M： グラタンもいいけどな、お値段的にもお得だし。

店員和兩位客人正在交談。

F1： 讓我為您介紹本日的午間套餐。A套餐包含義大利麵、沙拉和飲料，共900日圓。B套餐包含披薩、沙拉和飲料，共950日圓。而C套餐則包含A套餐、B套餐及湯品和甜點，共1200日圓。D套餐是本日星期三的限定套餐，今天的餐點是焗烤主食。另外關於D套餐的內容，只附上沙拉和飲料的話是900日圓，加點沙拉、湯品、甜點和飲料則一共是1100日圓。等您決定好要點餐，請召喚我來為您服務。

M： 我肚子餓了，我要點最貴的。

F2： 我只要點最便宜的就好了。你要吃義大利麵？還是披薩？

M： 還是點披薩好了。森永小姐，妳吃這麼少，可以撐到五點嗎？要不要再點個蛋糕跟湯呢？

F2： 湯是不錯，但我不喜歡吃甜食。佐藤先生你喜歡嗎？

M： 嗯，我對甜食毫無抵抗力。

F2： 嗯。

M： 焗烤也不錯呢，價格也蠻划算的。

F2： できるまでに時間かかるんじゃない？熱いのをあせって食べるとやけどするわよ。

M： そうだね。やっぱり最初に決めたのにするよ。

男の人はどのランチにしますか。
1. A ランチ
2. B ランチ
3. C ランチ
4. D ランチ

F2： 但是要等它做好不是要很久嗎？要是急著吃熱的食物，是會燙傷的喔。

M： 說得也對，那我還是點一開始決定的東西好了。

男人會點哪一道套餐呢？
1. A 套餐
2. B 套餐
3. C 套餐
4. D 套餐

正解：3

3番 MP3 03-01-36

ネットオークションの説明を聞いて、2人の学生が話しています。

M1： では、次に品物をお客様に渡す方法についてですが、こちらをご覧ください。1つ目の方法はどこかで待ち合わせて直接渡す方法です。2つ目の方法は普通郵便で送る方法です。3つ目はメール便で送る方法です。100円プラスすれば翌日配達してもらえます。また、先ほどの普通郵便の場合は補償がありませんが、メール便なら郵便の事故等で届けられなかった場合は、送料分を返金してもらえます。最後に4つ目は指定の場所まで買う人に取りに来てもらう方法です。大きな品物の場合は売るほうにとっては便利です。

聽了網路拍賣的說明，兩位學生正在交談。

M1： 那麼，接著是將商品交到顧客手中的方法，請看這裡。第一個方法是約在定點見面，直接交給顧客。第二個方法是用一般包裹寄給顧客。第三個方法是用宅配方法寄送，只要多付100圓，就能夠在隔日配送到府。另外，剛才所提到的一般包裹沒有意外賠償，但宅配包裹的話，因為配送意外等無法送達時，可以退還運費。最後的第四個方法是請買家到指定的地點取貨，這個方法對於販售大型商品的賣家來說相當方便。

F ： いろんな方法があるのね。私は今まで普通郵便で送ってきたけど、今度はこれで送ろうっと。もし、届かない場合も安心でしょう。

M2： そうだね。僕はこれまでどこかで会って渡してたんだけど、2時間も待たされたこともあるんだ。

F ： 時間通りに来てくれない人もいるんだね。じゃ、これからは送ったら？

M2： うん、でも、最近は家具を売ることが多いから、送るよりも……。

F ： あ、そっか、お客さんもそのほうが送料払わなくていいから、いいかもね。

F ： 有好多方法喔，我目前為止都是寄一般包裹，但之後用這個方法寄好了，如果寄不到的話也會很放心。

M2： 說得也對。我之前都是選在某個地方當面交貨，但是有一次竟然等了對方兩小時。

F ： 總是有人會不遵守時間，那你以後要不要用寄的？

M2： 嗯，但是我最近比較常賣傢俱，用寄的話……

F ： 啊，原來如此，這樣客人也不用再付運費，也許比較好喔。

質問1
女の人はこれからどの方法で品物を送りますか。
1. 1つ目の方法
2. 2つ目の方法
3. 3つ目の方法
4. 4つ目の方法

質問2
男の人は最近どの方法で品物を送っていますか。
1. 1つ目の方法
2. 2つ目の方法
3. 3つ目の方法
4. 4つ目の方法

問題1

女性從此要用什麼方法寄送商品？

1. 第1個方法

2. 第2個方法

3. 第3個方法

4. 第4個方法

正解：3

問題2

男性最近用什麼方法寄送商品？

1. 第1個方法

2. 第2個方法

3. 第3個方法

4. 第4個方法

正解：4

模擬試題第2回　スクリプト詳解

問題1	1	2	3	4	5		
	1	1	3	3	1		

問題2	1	2	3	4	5	6	
	1	4	3	3	3	1	

問題3	1	2	3	4	5	
	1	1	2	1	2	

問題4	1	2	3	4	5	6	7
	2	2	1	3	1	1	3
	8	9	10	11	12		
	3	1	1	2	1		

問題5	1	2	3			
			質問1	質問2		
	2	3	3	4		

（M：男性　F：女性）

問題1

1番　MP3 03-02-01

だいがく おとこ ひと はな
大学で男の人が話しています。おんな ひと
女の人はこのあと、なに
何をしなければなりませんか。

F：サークルで せんげつこうにゅう
先月購入したものを だいがく しんせい
大学に申請しますが、これでいいですか。

M：あっ、しんせいしょ
申請書ね。か
買ったものや こうつう ひ
交通費、すうりょう
数量、きんがく ひょう
金額は表にまとめて か
書いてあるね。

在大學裡男人正在說話。女人在他們對話後必須要做什麼呢?

F：我要向學校申請上個月在社團購入的物品。這樣填可以嗎?

M：啊，申請書啊。買的物品、交通費、數量、金額等，都已經整理好填在表格上了呢。

F ： はい。あのう、領収書やレシートなんですが。
これでよければ、貼りますが。

M ： レシートは認められないから、表から外して。
それから、みんなにも購入する時には必ず領収
書をもらうように言っといて。そうしないと、
お金が下りないから。

F ： はい、わかりました。
M ： 最後のサインは記入した人じゃなくて部長がす
ることになってるから、忘れないでね。

F ： はい、じゃ、最初からやり直します。提出先は
教務課ですか。
M ： いや、学生課。

女の人はこのあと、何をしなければなりませんか。

1. 表に購入したものを書く
2. 領収書を貼る
3. 部長にサインをもらう
4. 申請書を提出する

F ： 是的。對於，關於收據或是
購物明細。如果我這樣寫可
以的話，我就貼上去囉。

M ： 因為購物明細沒有認可的效
力，所以請妳不要貼在表格
上。還有，我向你們各位宣
導過購買時一定要拿到收
據。不然申請的錢沒辦法撥
下來。

F ： 好的。沒問題。

M ： 最後要簽名的人不是寫表格
的人而是部長喔。請別忘
囉。

F ： 好的。那我重新開始再做一
次。之後交給教務課嗎？

M ： 不是。是學生課。

女人在他們對話後必須要做什麼
呢？

1. 在表格上寫購入的物品

2. 貼上收據

3. 讓部長簽名

4. 交出申請書　　　　正解：1

2番 MP3 03-02-02

会社で女の人と男の人が話しています。男の人はこのあと、何をしなければなりませんか。

M：課長、今週の報告なんですが、目を通していただけますか。

F：はい、工場の生産状況が遅れ気味ね。これ原因は？

M：それは、ちょっと。

F：それがわからなきゃ、これからの対策が立てられないから、調べて書き加えて。

M：はい。

F：それから、あさっての会議の資料だけど、変更があるらしいから、佐藤さんに確認して修正お願いします。

M：はい、佐藤さんが戻ったら、すぐに修正しておきます。

F：修正したら、印刷する前にわたしに見せてね。

M：はい、わかりました。では、まずこれを確認します。

男の人はこのあと、何をしなければなりませんか。
1. 工場に連絡する
2. 生産の対策を考える
3. 会議の資料を修正する
4. 会議の資料を印刷する

公司裡女人與男人正在談話。男人在談話後，必須要做什麼呢？

M：課長，關於這週的報告，可以請您過目一下嗎？

F：好的。工廠的生產狀況讓人覺得有點慢耶。原因是什麼？

M：這個嘛，我也不知道耶。

F：不知道原因的話，之後就沒法對症下藥。請你去了解後加寫上去。

M：好的。

F：然後，關於後天的會議資料，因為好像有變更的部分，麻煩你向佐藤確認之後進行修正。

M：好的。佐藤回來之後，我會立刻進行修正。

F：修正之後，交付印刷前要給我看一下喔。

M：是的，了解。那麼，我先來確認一下吧。

男人在談話後，必須要做什麼呢？
1. 聯絡工廠
2. 思考生產問題的對策
3. 修正會議資料
4. 將會議資料印刷

正解：1

大学で職員が留学について説明しています。学生は来週、何を出さなければなりませんか。

F ： こんにちは。では、短期留学についてご説明します。まず、今週中に申込書を大学の教務課に提出してください。用紙は大学のホームページ上にあります。それから、留学計画書は翌週の金曜日までに出してください。これは再来週の筆記試験や面接とともに選考の際の重要なポイントになりますので、よく考えて書いてください。試験の合格者は出発の３か月前までに健康診断書を忘れず出してください。あっ、申込書ですが、名前や学籍番号などを書いて印刷して出してください。

学生は来週、何を出さなければなりませんか。
1. 申込書
2. 試験の成績
3. 留学計画書
4. 健康診断書

大學裡事務人員正在說明留學的相關事項。學生必須在下週提出什麼呢？

F ： 各位好。那麼，容我說明短期留學的相關事項。首先，請在本週之內向大學的教務課提出申請書。申請書的表格在大學網頁上有。之後，請在下周五之前提出留學計書。這將會是與下下週的筆試及面試同等重要，會是決定是否錄取的關鍵點，所以請各位動筆前詳加思考。選考合格者請別忘了在出發的３個月前之前提出健康檢查報告。對了，申請書上要寫上名字及學號影印後再交出。

學生必須在下週提出什麼呢？

1. 申請書
2. 考試成績
3. 留學計劃
4. 健康檢查報告

正解：3

4番 🎧 MP3 03-02-04

大学で女の人と男の人が話しています。男の人はこのあと、まず何をしなければなりませんか。

M： 経営学のグループ発表のことなんだけど。
このままだと間に合いそうにないと思わない？

F： わたしもそう思ってた。来週、もう一日、作業日を増やそう。

M： うん。じゃ、さっそく、みんなの都合聞いてみるよ。

F： それより、場所を確保しよう。教室なかなか取れないらしいから。

M： じゃ、今回は急だから、とりあえず、集まれる人だけで進めよっか。

F： うん、大学のホームページから予約できるから、決まったら、ケータイに連絡お願い。

M： わかった。

男の人はこのあと、まず何をしなければなりませんか。
1. 発表の作業をする
2. みんなの都合を聞く
3. 教室を予約する
4. 集まる日を連絡する

在大學裡女人與男人正在談話。男人在談話後，首先必須做什麼呢？

M： 說到經營學的小組發表，妳不覺得這樣的步調下去會趕不及的樣子嗎？

F： 我也這麼覺得。下個禮拜我們再增加一天的作業日吧。

M： 嗯。那麼，我趕快來問問看大家方便的時間吧。

F： 比起那個，我們更應該確保集合的場所吧。教室好像相當難找。

M： 那麼，因為這次是臨時性的集合，姑且就集合能來的人進行吧。

F： 好的。因為可以用大學的官網預約，決定好了後，麻煩你打手機聯絡我。

M： 沒問題。

男人在談話後，首先必須做什麼呢？
1. 進行發表的相關作業
2. 問成員有空的時間
3. 預約教室
4. 聯絡集合的日期。

正解：3

5番 🎧 MP3 03-02-05

電話で男の人と女の人が話しています。男の人はこれから何をしますか。

F ： もしもし、佐藤君？山田です。今、どこ？

M ： そろそろ映画館に着くところだけど。

F ： そう。ごめん、急に仕事を頼まれちゃってね。今、最寄り駅に着いたから、あと10分くらいで着くと思う。で、悪いんだけど、先に列に並んでてくれない？

M ： 整理券をもらわなきゃいけなかったっけ？

F ： ううん、先着100名までにパンフレットがもらえるの。1人2部までもらえるから。

M ： わかったよ。早く来ないと、いい席がなくなっちゃうよ。

F ： きょうの試写会は指定席だから、大丈夫。座席番号、携帯に送るから、先に入れるようなら、座って待ってて。

男の人はこれから何をしますか。
1. 列に並ぶ
2. 整理券をもらう
3. パンフレットを買う
4. 席に座って待つ

男人與女人正在講電話。男人在談話後要做什麼呢？

F ： 喂，佐藤嗎？我是山田。你現在在哪裡？

M ： 我差不多要到電影院了。

F ： 這樣啊。抱歉，我突然被派了些工作。現在才剛到了離公司最近的車站，我想還要十分鐘左右才會到耶。不好意思麻煩妳先去排隊好嗎？

M ： 是因為必須拿整理卷嗎？

F ： 不。是因為先到的一百位觀眾可以得到電影簡介啦。一個人可以拿到兩本。

M ： 好吧。妳不早點來，會沒有好座位喔。

F ： 今天的試映會是採用指定座位的，所以沒問題啦。座位號碼我用手機傳給你喔。如果請你先入座的話，麻煩在座位上等我一下喔。

男人在談話後要做什麼呢？

1. 排隊
2. 拿整理卷
3. 買簡介
4. 坐在位子上等

正解：1

205

問題 2

1番 🎧 MP3 03-02-07

試合が終わって、監督と女性の選手が話しています。監督はきょうチームが勝った理由は何だと言っていますか。

M： キャプテン、お疲れ。きょうはよくやったな。技術力の高い強豪チームに勝てるとは、試合前は思ってなかったよ。

F： ありがとうございます。監督の指示のおかげです。

M： いや、実際、試合中はそんなもん聞こえないさ。相手チームの隙をついてゴールできたテクニックはさすがだった。

F： いいえ、そんな。技術はまだまだ磨いていかないと。

M： いや、あの最後の一点が勝敗を分けたんだよ。それに、1、2年生も普段の練習の成果がみんな出始めてるのを実感したよ。この調子でみんなを引っ張って行ってくれ。

F： はい、わかりました。

監督はきょうチームが勝った理由は何だと言っていますか。

1. キャプテンの技術がすぐれていたから
2. 監督の指示がよかったから
3. 相手チームに強い選手がいなかったから
4. 普段の練習どおりにできたから

比賽結束後，教練與女性選手證在談話。教練說今天團隊獲勝的原因是什麼呢？

M： 隊長辛苦了。今天打得太好了。比賽前我真沒想到這次可以戰勝技巧高超的強隊呢。

F： 謝謝。多虧了教練您的指示。

M： 不，事實上，比賽時根本聽不到我的聲音啦。利用對手防備上的空隙成功達陣的這個技巧還真棒。

F： 不不，沒那回事啦。技巧還要再磨練才可以啦。

M： 不，最後那一分是決定勝敗的關鍵喔。還有，我真的覺得1、2年級生他們平常的練習也因為你們這次的努力而開花結果喔。請妳依照這個步調帶他們繼續努力下去喔。

F： 是的。遵命。

教練說今天團隊獲勝的原因是什麼呢？

1. 因為隊長的技術卓越
2. 因為教練的指示太棒了
3. 因為敵隊裡沒有強棒
4. 因為平日的練習紮實

正解：1

2番 MP3 03-02-08

食器の会社の社員と女の人が話しています。女の人はどれを買うことにしましたか。

F： こんにちは。カフェで使うグラスを探してるんですけど。

M： こちらです。どうぞ実際に手に取ってご覧ください。

F： 使い勝手を考えると大きさはこれくらかな。やっぱり薄いほうがきれいですね。飲み物もきれいに見えそう。お値段は？

M： 1つ450円です。いくつくらいお考えですか。

F： 30席なので、それより多めにって考えてるんで、安くしてくださいね。

M： はい、50個、2割引きでどうですか？

F： ちょっと多いかな、40個で2割引きでお願いできます？

M： ええ、この厚めのグラスなら。こっちなら多少雑に扱っても割れませんよ。

F： そう。割れるのも困るけど、アルバイトやお客さんがケガするのがもっと困るからね。

M： それに熱いものは冷めにくく、冷たいものはぬるくなりにくいって特長もあるんですよ。

F： じゃ、こっちで。

餐具公司的職員正在與女人談話。女人買了哪一種呢?

F： 你好。我正在找咖啡店要用的玻璃杯。

M： 在這裡。請您親手拿起來看看感覺一下。

F： 考量到實際上使用的便利性，大小大概這樣就好。我想還是薄的比較漂亮。飲料本身看起來也比較漂亮的樣子。價格多少呢?

M： 一個450日圓。您大約想要幾個呢?

F： 因為我店裡有30個座位。因為想說還要另外再買幾個，所以請給我優惠一些吧。

M： 好的。50個的話給您8折如何呢?

F： 這樣數量有點多，可否買40個就給我8折呢?

M： 如果是這種厚一些的玻璃杯的話可以。這種的就算是粗手粗腳的使用也不會破喔。

F： 這樣啊。破了就麻煩囉。若是打工人員或是客人因此受傷就更傷腦筋囉。

M： 而且這種杯子有個特點，就是可以讓熱的東西不易變涼，冷的東西不容易變溫喔。

F： 那麼，我就買這種的囉。

207

女の人はどれを買うことにしましたか。

1. 薄いグラス　50個
2. 厚いグラス　50個
3. 薄いグラス　40個
4. 厚いグラス　40個

女人買了哪一種呢？

1. 薄的玻璃杯50個
2. 厚的玻璃杯50個
3. 薄的玻璃杯40個
4. 厚的玻璃杯40個

正解：4

3番　MP3 03-02-09

会社で男の人と女の人が話しています。イベントを開催するにあたって今、一番問題となっていることは何ですか。

F： イベントの開催も再来月に迫ってきたわね。今、問題になってることありますか。準備はどう？

M： この前までは、どうなることかと思いましたが。会場の契約も終わりましたし、イスやテントなども必要数借りられる目途がついています。

F： そう。ボランティアの応募状況はどう？

M： 先月から募集を開始しましたが、まだ、前回ほどは集まっていませんね。

F： 締め切りに一月ほどあるけど、早めに手を打っておいたほうがいいわね。

M： ええ、それで、告知の方法を考えているところです。

F： 会社が力を入れてるイベントだし、資金も投入してしまってるから、失敗は許されないからね。当日、お天気がいいといいんだけど。

公司裡男人與女人正在談話。正值舉辦活動的時期，現在什麼事變成最頭痛的事呢？

F： 下下個月就要舉辦活動了。現在，有沒有什麼令大家頭痛的事呢？準備得如何呢？

M： 本來之前一直在是否能一切順利，還好會場的契約也順利完成了。椅子與帳篷等地租借也有了眉目，順利借到了必須的數量。

F： 這樣啊。志工的招募進行的怎樣呢？

M： 雖然上個月就開始進行招募，但還沒招到上次活動達到的人數。

F： 雖然距截止日之前還有一個月左右，還是盡早透過些手段達成目標比較好喔。

M： 沒錯。為此，我們正在思考宣傳的方法。

F： 這是公司盡全力要辦好的活動，也已經投入不少資金了，只准成功不准失敗。活動當天，只要天氣好一切就沒問題了吧。

M：それは、雨天の場合を考えて、屋内も使えるようにしてあります。

イベントを開催するにあたって今、一番問題となっていることは何ですか。
1. 準備が間に合わないこと
2. 会場が決まらないこと
3. 人手不足
4. イベント当日の天気

4番 〔MP3〕 03-02-10

テレビで女の人が話しています。この 10 年で、大学生のお金の使い方はどのように変わりましたか。

F：大学生はアルバイトをしてお金を稼ぎ、そのお金を自由に自分のために使える時期です。そのお金の使い道は 10 年前と比べてどのように変化しているのでしょうか。アルバイト代はこの 10 年で 100 円前後しか上がっておらず、音楽や車など娯楽への消費は大きく落ち込み、貯金に回せる額は相変わらず少ないというのが現状です。書籍に関しては、本の購入は減っていますがマンガは逆に増えています。また、友達との飲み会や食事にお金をかける人が減少しているのは実際に顔を合わせなくても、インターネットを通してコミュニケーションできるからだと考えられます。

M： 關於那點，我們有考量到下雨的問題，所以已經確保室內也可使用了。

正值舉辦活動的時期，現在什麼事變成最頭痛的事呢？
1. 準備上趕不及
2. 會場無法決定
3. 人手不足
4. 活動當日的天氣　　正解：3

電視上女人正在說話。在這10年間，大學生關於錢的用法如何改變呢？

F： 這是個大學生打工賺錢，然後可以為了自己而自由使用這筆錢的時代。他們的用錢之道與十年前相比有什麼樣的變化呢？打工的報酬在這十年間只漲了 100 日圓左右而已，雖然因此花在音樂或車子上的娛樂性消費大幅滑落，但現況是轉成存款的額度卻依然低迷。關於書籍方面，書本的購買雖然減少，但漫畫的購入卻逆向成長。還有，將錢花在與朋友喝酒吃飯的人之所以會減少，是因為他們即使不實際約朋友出來見面，卻可以使用網路進行互動。

この 10 年で、大学生のお金の使い方はどのように変わりましたか。
1. 本や漫画を買う学生が減った
2. 貯金をする学生が増えた
3. 友人との交流にお金を使う学生が減った

4. 趣味にお金を使う学生が増えた

在這 10 年間，大學生關於錢的用法如何改變呢？
1. 買書及漫畫的學生減少了
2. 存錢的學生增加了
3. 將錢用在與朋友交際上的學生減少了
4. 將錢用在自己興趣上的學生增加了

正解：3

5 番　🎧 MP3 03-02-11

Ｔシャツの店で店長と男の学生が話しています。男の学生が注文したのはどれですか。

M：あのう、クラスのオリジナルのＴシャツなんですが、一枚 1500 円で作れるんですよね。

F：はい、学生さんなら、うちは一枚 1500 円です。デザインは？

M：これです。

F：カラフルできれいですね。でも、4 色以上使うと、一枚につき 50 円プラスになっちゃうんですけど。

M：えっ、そうなんですか。でも、これからもう一度考える時間はないから、仕方ないですね。それから、Ｔシャツの色なんですが、みんないっしょじゃなきゃだめですか。

F：いえ、この 5 色の中からなら、どの色を選んでも価格は変わりませんよ。

M：じゃ、これが色の指定と枚数です。

F：はい、かしこまりました。

在T恤店的店裡，店長與男學生正在說話。男學生所訂的是哪一種呢？

M：呃，關於我們班的所訂的T恤班服，預算上一件 1500 日圓可以嗎？

F：好喔。學生的話，我們店可以一件 1500 日圓。你們有設計嗎？

M：在這裡。

F：顏色鮮豔挺漂亮的耶。不過，使用 4 種顏色以上的話，每一件得要多加 50 日圓喔。

M：咦，這樣啊。可是沒時間再重新思考設計了，看來沒辦法了。還有，關於T恤的顏色，必須要全員都一樣嗎？

F：不。在這 5 種顏色中任選的話，不管什麼顏色價格都是一樣喔。

M：那麼，這裡是關於顏色的指定及件數的資料。

F：好的，沒問題。

男の学生が注文したのはどれですか。
1. 色違いのＴシャツで３色以内のデザイン

2. 全部同じ色のＴシャツで３色以内のデザイン

3. 色違いのＴシャツで４色以上使ったデザイン

4. 全部同じ色のＴシャツで４色以上使ったデザイン

男學生所訂的是哪一種呢？

1. 顏色各不相同的T恤，設計是3色以內

2. 顏色完全相同的T恤，設計是3色以內

3. 顏色各不相同的T恤，使用4色以上的設計

4. 顏色完全相同的T恤，使用4色以上的設計

正解：3

6番 🎧 MP3 03-02-12

テレビで会社の社長が話しています。社長は会社が成長している一番の理由は何だと言っていますか。

F ： 我が社はメガネメーカーとして、現在、国内では３０パーセントのシェアを占めています。シェアを広げてこれたのは、市場を開拓してきたからにほかなりません。企画、製造、販売を自社で行ったり、大量発注することで、価格を抑える努力を続けてきました。また、メガネをかけない人向けには、パソコンを使う際に使えるメガネを提案し好評をいただいております。

電視上某公司的社長正在說話。社長說公司能持續成長最關鍵的理由是什麼?

F ： 我們公司做為眼鏡製造商，目前占有國內市場總銷售量的三成。為了提高市占率，除了開拓市場以外其他沒有更好的方法。除了自家公司親自執行企劃，製造，販售外，並持續透過大量接單以努力壓低價格。此外，本公司也針對不戴眼鏡的人，推出使用電腦時佩戴的眼鏡，並廣受好評。

社長は会社が成長している一番の理由は何だと言っていますか。
1. 新しい市場をつくってきたから
2. 自社で企画から販売まで手掛けたから

3. 商品を安く売る努力をしたから
4. パソコンを使うときのメガネを開発したから

社長說公司能持續成長最關鍵的理由是什麼？

1. 因為開拓新市場
2. 因為自家公司親自執行從企劃到販賣等業務
3. 因為努力壓低價格
4. 因為開發使用電腦時所配戴的眼鏡

正解：1

211

問題3

1番　MP3 03-02-14

テレビで女の人が話しています。

F：皆さんは買い物をするとき、インターネットの評判を参考にしていますか。商品を実際に使ってよかったとか、効果が感じられなかったとか、使ってみた経験が見られるので、便利ですよね。中には信用できないものも含まれていますが、見た目など、自分だけの判断で買って後悔するより、複数の人や専門家の意見を読むことをおすすめします。いろいろな人の意見を読むことで、本当に買うべきかがわかって、衝動買いを抑える効果があるからです。

女の人はインターネットの評判について、どう考えていますか。

1. インターネットの評判を見ると、買いすぎないのでいい。
2. インターネットの評判を見ると、買いすぎるのでよくない。
3. 専門家の意見を参考にすると、買いすぎないのでいい。
4. 専門家の意見を参考にすると、買いすぎるのでよくない。

電視上女人正在說話。

F：各位買東西時，會參考網路上的意見與批評嗎？商品實際使用後覺得好用嗎？是否無法感到商品效果呢？因為可以看到使用者的經驗，真是方便呢。雖說裡面也含有一些無法讓人相信的意見，但比起只靠外觀以及自己的判斷就購買而導致的悔恨，還是建議各位看看多數人或專家的意見。看了各種人的意見，就會知道是否真的該買，也會有抑制購買衝動的效果。

女人關於網路上的商品意見與批評，是怎麼想的呢？

1. 看了網路上的商品意見與批評後，就不會買太多，所以很棒。
2. 看了網路上的商品意見與批評後，就會買太多，所以不好。
3. 參考了專家的意見後，就不會買太多，所以很棒。
4. 參考了專家的意見後，就會買太多，所以不好。

正解：1

重點解說

　　首先，從建議各位看看多數人或專家的意見這段的敘述，可知選項 3 與選項 4 的參考專家意見不是本題答案。

　　從是否真的該買，抑制購買衝動的效果等敘述，可知選項 2 不是答案。

2 番　MP3 03-02-15

テレビで料理研究家が話しています。

M：日本どこでも各地方の料理が食べられる時代ではありますが、関東と関西の料理の違いが今でも時々、テレビで話題になります。例えば、麺類のスープですが、関東と関西では水が違います。関東の水は硬水で関西は軟水です。硬水には鰹節が、軟水には昆布が合っているので、それで出汁を取るとおいしくなるのです。関東の寒い地域ではソバ、関西の温暖な地域では小麦の栽培に適していたので、関東ではソバの、関西ではうどんの文化が発達したのです。

男の人は何について話していますか。
1. 関東と関西の食文化が違う理由
2. 関東と関西の料理の作り方
3. 関東と関西の自然環境
4. 関東と関西の麺の文化

電視上料理研究家正在說話。

M：這是個不論身處日本的哪個角落，都可以品嘗到各地料理的時代。即便如此，關東與關西料理的差異，至今仍不時會在電視上成為話題。例如說到麵湯，關東與關西的水不一樣。關東是硬水，而關西是軟水。硬水適合柴魚，而軟水則與昆布較合，所以用昆布熬出高湯就變得很美味。關東的寒冷地帶栽種蕎麥，關西的溫暖地帶則適合栽種小麥，所以關東是蕎麥文化，關西則是烏龍麵的文化較發達。

男人正在說關於什麼話題？

1. 關東與關西飲食文化相異的理由
2. 關東與關西的料理作法
3. 關東與關西的自然環境
4. 關東與關西的麵文化　　　正解：1

重點解說

　　從水的不同、溫暖地帶等談論到自然環境差異，與飲食相關的語彙也大量出現，所以可知主題是自然環境對飲食文化的影響。所以答案不是選項 3 而是選項 1。

3番 🎧 MP3 03-02-16

テレビで女の人が話しています。

F： ヒマワリの種から作られた油は健康にいいことでも知られていますが、太陽のような黄色い花は見ているだけで、元気になりますから、庭で育てる人も増えています。ヒマワリを植えるときは、1か所に2、3粒の種をまいて、水をたっぷりやってください。少し育ってきたら、一番よいものだけ残します。ヒマワリは暑さにも強く、手間がかからず育てやすい植物です。ただ、背の高い植物なので、風の強いところは避けること。そして、花が咲く時期に水をやりすぎると病気になることがあるので、気をつけてください。

電視上女人正在說話。

F： 從向日葵的種子所榨出的油有益健康這件事雖然廣為人知,不過光是看到像陽光般金黃色的花朵,就有助於身心健康的這個理由,使得在庭院中栽種向日葵的人也逐漸增加。種植向日葵時,請將2、3粒種子撒在同一處,並澆予大量的水分。稍稍栽種後,只留下生長得最好的。向日葵是抗暑性強,不大需要多大工夫也能輕易栽種的植物。只不過,因為是高度蠻高的植物,必須要避免栽種於強風之處。還有,開花時期若澆了太多水會導致生病,請務必注意。

女の人は何について話していますか。
1. ヒマワリの名前の由来
2. ヒマワリの育て方
3. ヒマワリの病気
4. ヒマワリの利用法

女人正在說關於什麼的話題呢?
1. 向日葵的名字由來
2. 向日葵的種法
3. 向日葵的病
4. 向日葵的利用法

正解：2

重點解說

在這段敘述中占最多的是關於植物的栽種。可以從例如種植、不花功夫、不給過多水分等字句而知。

4番 MP3 03-02-17

こうえんかい おとこ ひと はな
講演会で男の人が話しています。

M：一生懸命やっているのに、お客さんが1度しか来てくれないと、なんだかがっかりしますよね。客が店に来たとき、記憶に残ることは2つ。一つは料理がテーブルに運ばれた時。そして、もう一つがお店を出る時なんです。お客さんがお金を払って、店を出るとき、きちんとお見送りをしていますか。例えば、大きな声でありがとうございましたと言ったり、忘れ物の確認をしたりする心遣いが大切なんです。その体験が客に次も来たいと思わせるのです。

おとこ ひと なに はな
男の人は何について話していますか。
1. 客にもう一度来てもらう方法
2. 料理を運ぶときの注意
3. 見送りの方法
4. 忘れ物を減らす方法

在演講會上男人正在說話。

M：儘管拼命地努力，客人只上門一次的話總我覺得有些失望。客人來店內消費時，留下的記憶有二。一是料理端上桌時。然後，另一個是離開店時。當客人付了錢，出店時，是否有好好地送他們離開呢？例如，大聲地說謝謝，請他們確認是否有東西忘了等對他們的關懷是很重要的。那樣的體驗可以使他們下次還會想再度光臨的。

男人正在說關於什麼話題？
1. 讓客人再度光臨的方法
2. 端料理上桌時的注意事項
3. 送別的方法
4. 減少遺失物的方法

正解：1

 重點解說

「その体験が客に次も来たいと思わせるのです」(那樣的體驗可以使他們下次還會想再度光臨)的「その」指的是前面的部分。也就是說，最後出現的話就是這段敘述的主題，並整理於此，所以這就是本題的答案。

5番 03-02-18

会社で男の人と女の人が話しています。	公司裡男人與女人正在談話。
F ： 山田さん、今、ちょっといい？	F ： 山田先生，現在可以打擾您一下嗎？
M ： うん、何？	M ： 可以喔。什麼事？
F ： あしたの会議のことなんだけど。私、進行役頼まれてたでしょ。 それが、さっき、工場から連絡があって、生産が予定より遅れているらしいのよね。	F ： 是關於明天的會議啦。我不是擔任會議的主持工作嗎？結果剛才工廠那邊有聯絡，生產進度會比預定地還慢的樣子喔。
M ： えっ？そうなの？	M ： 咦，這樣嗎？
F ： それで、明日一度、工場へ見に行くように課長に言われたの。それで、悪いんだけど、会議をお願いできないかなと思って。	F ： 所以課長要我明天再去工廠一趟看看。因此，雖然很抱歉，我想可否麻煩你會議的事。
M ： わかったよ。	M ： 好喔。
F ： じゃ、会議についてはお昼を食べながらってことでいいかな。ランチおわびにごちそうさせて。	F ： 那麼，關於會議的事我們邊吃午餐邊說好嗎？讓我請你吃午餐以聊表我的內疚。

女の人は何のために男の人のところに来ましたか。

1. 工場に生産の状況を聞いてほしい
2. 会議の進行役を代わってほしい
3. いっしょに工場へ行ってほしい
4. 昼食を取りながら、会議について話したい

女人為了什麼事來找男人呢？

1. 希望問工廠生產的狀況
2. 希望請男人代替她主持會議
3. 希望一起去工廠
4. 想一邊吃午餐，一邊聊關於會議的事

正解：2

🔍 **重點解說**

吃午餐然後聊會議的話題，是跟這次的請託有關，所以不是答案。

問題 4

1番 MP3 03-02-20

F： 練習に来なかったのは、どういうわけ？	F： 你為何沒來練習呢？
M： 1. 理由を聞かせてください。	M： 1. 請聽我的理由。
2. ごめん。次から必ず出るから。	2. 抱歉，我下次一定會來。
3. ちょっと用事があるから、休ませて。	3. 因為有點事，請讓我請個假。 正解：2

2番 MP3 03-02-21

M： パーティーの司会、何とかお願いします。	M： 麻煩妳無論如何都要接下這次派對的主持人一職。
F： 1. こちらこそ、よろしくお願いします。	F： 1. 彼此彼此，請多多包涵。
2. そこまで言うなら、お引き受けします。	2. 你都說到這份上了，我就接下了吧。
3. 先輩に頼んでみたんですが。	3. 我試著拜託學長了。 正解：2

3番 MP3 03-02-22

F： まいったな。今さら、キャンセルされても。	F： 我真是服了。都現在了才說要取消。
M： 1. 今になってキャンセルは困るよね。	M： 1. 現在才說要取消真是傷腦筋。
2. 今ですと、全額お支払いいたくことになりますが。	2. 現在取消的話，必須要支付全額費用喔。
3. どうしよう。もう、キャンセルできないらしくて。	3. 怎麼辦？好像已經無法取消的樣子耶。 正解：1

4番 🎧 MP3 03-02-23

M： 山田さんが知らないとはね。

F： 1. 知らないなら、早く教えてあげなきゃね。
2. 山田さん、言ってもすぐ忘れるんだよね。
3. びっくりだよね。秀才の山田さんが知らないなんて。

M： 山田居然不知道呀。

F： 1. 不知道的話，必須要快點告訴他。
2. 山田，就算說了也會馬上忘掉呢。
3. 我嚇一跳呢。山田那麼有才居然也不知道。

正解：3

🔍 重點解說

這裡的「～とは」表示吃驚的語感。

5番 🎧 MP3 03-02-24

F： この値段じゃ、手が届かないなあ。

M： 1. もうちょっと安ければね。
2. お金の問題じゃないよ。
3. これがギリギリの値段ですね。

F： 這樣的價格我買不下手啊。

M： 1. 再便宜一些的話就可以對吧。
2. 這不是錢的問題喔。
3. 這已經是殺到見骨的價格了。

正解：1

6番 🎧 MP3 03-02-25

M： このままだと、土日に会社に来ざるを得なくなるかも。

F： 1. そうならないように、がんばりましょう。
2. 来なくてよくなるかもしれないね。

3. 週末が忙しいのはいつものことですよ。

M： 這樣下去，可能週六日還得來公司。

F： 1. 為了別這樣，我們努力吧。
2. 不來可能會變得比較好呢。

3. 週末會忙一直是常態喔。

正解：1

7番  03-02-26

F： 課長に文句を言いたい気持ち、わからなくもないよ。	F： 我也不是不懂你想向課長抱怨的心情啦。
M： 1.理解してくれると思ったのにな。 2.課長は君にがんばってほしいと思ってるんだよ。 3.わかってくれて、うれしいよ。	M： 1.我是希望他能理解我啦。 2.我想課長是希望妳加油啦。 3.真高興妳能懂。　正解：3

🔍 重點解説

「わからなくもない」是表示部分理解或贊同的意思。

8番 03-02-27

M： あれ？どうしたの？ウキウキして。	M： 咦？怎麼了呀？瞧妳高興的。
F： 1.何かいいことがあったの？ 2.きょうも契約取れなかったんだ。 3.さっき課長にほめられたの。	F： 1.有什麼好事呀？ 2.今天也沒拿到合約呀。 3.剛剛被課長稱讚了啦。 　正解：3

9番 03-02-28

F： こちらでのおタバコはご遠慮いただけますか。	F： 可以請您不要在此抽菸嗎？
M： 1.ごめんなさい。ここ禁煙なんですか。 2.ここでしか吸っちゃいけないんですね。 3.体にいいとは思ってないんですけどね。	M： 1.抱歉。這裡是禁菸的喔？ 2.只能在這裡抽吧。 3.我是覺得這樣對身體不好啦。 　正解：1

10番 🎧 MP3 03-02-29

M： ホテルはともかく、往復のチケットを取らなきゃ。

F： 1. ホテルもチケットといっしょに予約しようよ。
2. ホテルは予約してあるってことね。
3. ホテルをまず取らなくちゃね。

M： 先別管旅館的事了，我們必須先訂來回的車票。

F： 1. 旅館和車票一起預約吧。
2. 旅館已經預約好了是吧。
3. 必須先訂旅館是吧。

正解：1

🔍 重點解說

在「A はともかく、B」的句型裡，表示 B 的部分被優先處置。

11番 🎧 MP3 03-02-30

F： 勉強もほどほどにしたほうがいいですよ。

M： 1. はい、もっとがんばります。
2. これが終わったら、休みます。
3. はい、毎日続けて努力します。

F： 學習也是要量力而為喔。

M： 1. 好的。我會再加油。
2. 這部分結束後，我會休息一下。
3. 好的，我會每天持續不懈。

正解：2

12番 🎧 MP3 03-02-31

M： このカメラ、軽くて使いやすいって評判なんですよ。

F： 1. へえ、使ってみてもいいですか。
2. どうぞ、持ってみてください。
3. アンケート調査の結果なんです。

M： 這個相機，一般的評價是輕巧又易於使用喔。

F： 1. 是喔。我可以用操作看看嗎？
2. 請試著拿看看。
3. 這是意見調查的結果。

正解：1

問題5

1番 🎧 MP3 03-02-33

大学で、女の人と男の人がレストランについて話しています。	大學裡女人與男人正在談話關於餐廳的話題。
F： 先生との食事会の場所、調べてみたんだけど、どこがいいかな。	F： 我查了一下我們與老師聚餐的場所，哪裡好呢？
M： 1番最初のって、いつもの学校近くの居酒屋だよね。今度は、卒業前の最後の集まりになると思うから、もうちょっといいとこにしない？えっと、この2番目のイタリア料理、いいんじゃない？個室だし。えっ、予算が一人5000円？ちょっと高いけど…。ああ、ワインが飲み放題なら、納得してもらえるんじゃないかな？	M： 1號是一開始看到的這間，是我們常去的學校附近的居酒屋。因為我想這次是畢業前最後一次聚會，所以何不去更好一點的店呢？呃，這個2號是吃義大利菜的，不錯吧？是包廂喔。咦，一個人的預算是5000日圓？有點貴耶…。喔喔，紅酒是喝到飽的話，我想大家應該可以理解吧？
F： 3番目の店も個室でね、中華料理。予算は4000円前後らしいけど。	F： 3號的店也是包廂喔。吃中國菜的。一個人的預算是4000日圓左右的樣子。
M： 飲み物代別だと、ひょっとすると、イタリアンよりかかっちゃうかも。	M： 飲料的費用要另計，這樣搞不好會比吃義大利菜還花更多吧。
F： だね。みんなよく飲むからなあ。4番目はホテルで料理はバイキングだから、一人飲み物代込みで6000円からなんだけど、予算に応じて和食や中華、フランス料理なんかも選べるし、先輩の話ではおいしいらしいよ。立食スタイルだけど、頼めば、無料でイスも準備してくれるんだって。	F： 可能喔。因為大家都蠻能喝的。4號因為是在飯店吃自助餐，含飲料費用一個人要到6000日圓，不過反映出其高價的是，可選擇和食、中國菜、法國菜等，聽學長們說這間也很好吃的樣子喔。

221

M： へえ、立食のほうが、いろんな人と話せるかもね。でも、5000円超えるとなると。

F： だよね。だから、私はいつも行ってた店が一番いいと思うんだ。お店の人とも顔なじみだし。

M： 今回は全員がそろうから、入りきれないよ。

F： やっぱり、スペースの問題で厳しいか。じゃ、消去法でここだね。

二人はどの店を選びましたか。
1. 1番目の店
2. 2番目の店
3. 3番目の店
4. 4番目の店

雖說是站著吃的形式，但聽說跟餐廳要求的話也會免費幫我們準備座椅喔。

M： 是喔，站著吃可能可以和每個人說到話呢。不過，超過5000日圓的話就有點…。

F： 也是啦。所以，我覺得經常去的那間是最好的。店裡的人也都認識大家。

M： 但這次是所有人都會去，所以沒法全都擠進去啊。

F： 果然空間是個嚴峻的問題啊。那，這間就去掉吧。

兩個人選了哪間店呢？

1. 1號店
2. 2號店
3. 3號店
4. 4號店

正解：2

 重點解說

在「飲み物代別だと、ひょっとすると、イタリアンよりかかっちゃうかも」(飲料的費用要另計，這樣搞不好會比吃義大利菜還花更多吧。)裡的「かかっちゃうかも」是「花錢」的意思。錢的部分被省略了。

2番 🎧 MP3 03-02-34

図書館で職員とアルバイトが話しています。

F1： この間言ってた図書館をもっと多くの人に利用してもらうための、新しいサービス。何かアイディア、思いついた人いる？

M： 映画とその原作の本を同じところに置くっていうのは？

F1： 管理の問題で、ちょっと難しいかな。

F2： あのう、この近くに小学校がありますよね。塾や習い事で忙しい子も多いけど、放課後は何もすることがない子もいますよね。そんな子のために、本を読んであげるサービスはどうでしょうか。

M： 誰でも無料で利用できるのが図書館のいいところだから、いいかもね。でも、本を読んであげるのもいいけど、勉強を教えてあげるのはどうですか？

F1： うーん。それって、図書館がやるべきことかな。子供を対象としたサービスはずっと続けててね。歌や絵、朗読などの発表会は続ける予定なの。

M： この近くは外国人の子供たちも多いから、その子たちのために、何かできないかな？

在圖書館裡職員與打工人員正在談話。

F1： 關於前陣子提到的，為了讓更多人願意使用圖書館的新服務，有人想到什麼新點子嗎？

M： 把電影與其原著的書放在同一個地方如何呢？

F1： 基於管理上的問題，應該有點困難吧。

F2： 我想，這附近有小學吧。雖然很多小朋友忙著補習班和學才藝，但也有放學後什麼都沒在做的小朋友吧。為了這些小朋友，提供唸書給他們聽的服務如何呢？

M： 因為任何人都可以免費使用這一點正是圖書館的優點，所以這點子可能不錯。雖然唸書給他們聽也不錯啦，不過若是教他們學習的話如何呢？

F1： 呃，這個是圖書館該做的事嗎？我們以小朋友為對象的服務一直都有喔。唱歌或畫圖，朗讀等的發表會也計畫持續進行。

M： 這附近外國人的小孩也蠻多的，為了這些小朋友，是不是可以做些什麼呢？

F1： そうね。いろんな国の子供にも来てもらって、本を読むのはいいことね。外国の子供たちには日本語の勉強にもなるし。うん、その線で進めましょう。

この図書館では、どんな新しいサービスを始めることにしましたか。

1. 外国語を学ぶクラスを作る
2. 子供たちの発表会を開く
3. 放課後に読み聞かせの会を開く
4. 本と映画を同じところに置く

F1： 是啊。讓各國的小朋友來這裡，然後由我們唸書這點子不錯。對外國人的小朋友而言也可以學習日文。嗯，就朝著個方向規畫吧。

這個圖書館，決定開始實施什麼樣的新服務呢？

1. 開辦學習外語的教室
2. 舉辦小孩子的發表會
3. 舉辦下課後唸書給小朋友聽的活動
4. 將書與電影放在相同的地方

正解：3

重點解說

「それって、図書館がやるべきことかな」(這個是圖書館該做的事嗎?) 的「～かな」表示說話者疑問的語氣。

3番 MP3 03-02-36

旅行社で社員と客が話しています。

F1： いらっしゃいませ。ユニークな宿泊先のご提案でしたね。こちらの資料をご覧ください。まず、Aプランは、こちらのロボットホテルです。テーマパークの中にありますので、そちらも楽しめます。Bプランは自然豊かな公園の中のテントです。テントとはいっても、ホテルのように快適に過ごせます。Cプランは海のすぐそばの温泉が自慢の宿です。海に近いので、お料理もおいしいですよ。Dプランは木の上にお部屋があるツリーハウスです。場所は牧場の中なので、新鮮な牛乳やチーズもおいしいですよ。

旅行社裡職員與客人正在談話。

F1： 歡迎光臨。我們提供了獨一無二的住宿方案喔。請看這裡的資料。首先，A案是這裡的機器人旅館。因為位於主題公園裡，您也可以一併享受主題公園。B案則是位在擁有豐富大自然的公園之中的帳篷。雖說是帳篷，但其實是可以像在飯店一樣地舒服。C案則是位在海邊的以溫泉自豪的旅店。因為離海很近，料理也非常美味喔。D案則是房間蓋在樹上的樹

M： ロボットのホテルおもしろそう。

F2： だけど、そのテーマパーク、行ったことあるでしょ。

M： そうだな。せっかくだから、行ったことがないとこがいいか。この牧場のところ泊まってみたいなあ。子供の頃のあこがれなんだ。

F2： うん、まあいいけど、海を見ながら、温泉でゆっくりできるここ、いつか行こうね。

M： うん。

質問1
女の人が泊まりたかったのはどれですか。

1. A プラン
2. B プラン
3. C プラン
4. D プラン

質問2
二人はどこに泊まることにしましたか。

1. A プラン
2. B プラン
3. C プラン
4. D プラン

屋。因為位於牧場裡，可以品嘗新鮮的牛乳與美味的起司喔。

M： 機器人旅館好像很有趣的樣子。

F2： 不過，那個主題公園我們有去過了吧。

M： 是啊。難得出遊，還是去沒去過的地方好吧。我想住在這個牧場呀。從小時候就一直很憧憬。

F2： 嗯，也可以啦。但我們什麼時候來去這個可以邊看海邊享受溫泉的這間吧。

M： 好啊。

問題1
女人想住的地方是哪一個呢？

1. A案
2. B案
3. C案
4. D案

正解：3

問題2
兩人決定要住哪裡呢？

1. A案
2. B案
3. C案
4. D案

正解：4

！ 重點解說

　　女人的「也可以啦」這句話是雖有不滿，但仍贊同的意思。從「我們什麼時候來去這個可以邊看海邊享受溫泉的這間吧」裡的「什麼時候來去吧」，可知這次不去這間。

模擬試題第3回　スクリプト詳解

問題1	1	2	3	4	5		
	2	2	1	3	2		

問題2	1	2	3	4	5	6	
	4	3	4	1	2	1	

問題3	1	2	3	4	5		
	3	2	4	2	3		

問題4	1	2	3	4	5	6	7
	2	1	1	3	1	2	3
	8	9	10	11	12		
	2	3	3	2	2		

問題5	1	2	3				
			質問1	質問2			
	4	1	3	2			

（M：男性　F：女性）

問題1

1番 MP3 03-03-01

男の人と女の人が話しています。2人はどれがいいと言っていますか。	一男一女正在交談，兩人覺得哪一個好呢？
M：そろそろ年賀状の準備しなくちゃな。サンプルを見て決めようよ。	M：差不多應該準備賀年卡了呢，來看看樣本決定吧。
F：これ、かわいいわね。あっ、でも2文字だからな。	F：這張好可愛喔。啊，但是只有兩個字。
M：「初春」とか「賀正」とか二文字のは目上の人に対しては失礼らしいからね。個人用だからマンガでもいいんだけどね。	M：只寫「初春」或是「賀年」等兩個字，好像對長輩有點失禮呢。但如果是個人用途的話，漫畫也不錯啊。

F ： そうね。この浮世絵のは日本らしくて好きだけど、津波を連想させちゃうから、よくないわよね。かといって、この漢字4文字のはおもしろくないな。会社とかならいいけど。

M ： まあ、無難といえば無難だけどね。じゃ、これかな。シンプルでいいんじゃない？縦のじゃなくて、横でもよければだけど。

F ： いいんじゃないかな。メッセージを書くスペースもあるしね。

2人はどれがいいと言っていますか。

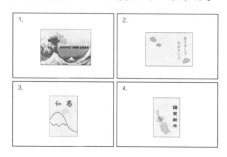

F ： 說的也是。這張浮世繪很有日本風味，我蠻喜歡的，但是看了會聯想到海嘯，感覺不太好呢。不過，這種寫著四個漢字的倒是有點無趣，如果公司要用是還不錯啦。

M ： 嗯，如果是打安全牌，這張還蠻安全的囉，那就選這張好了。簡簡單單的也不錯，雖然不是直式的，橫式應該也可以。

F ： 我覺得不錯啊，還有可以寫問候語的空間。

兩人覺得哪一個好呢？

正解：2

2番 MP3 03-03-02

女の人と男の人が話しています。2人はどこへ寄ってから家へ帰りますか。

F ： ああ、おなかペコペコ。早く帰ってご飯食べよう。

M ： じゃ、クリーニングを取りに行って、スーパーに寄って、帰ろう。

F ： ええ、今から作るの？

M ： だって、家に何もないだろう。

F ： うん。あっ、そうだ。本が届いてるって電話あったんだった。

M ： 道順からだと、本屋に行ってから、スーパーのほうが便利かな。

F ： 本屋じゃなくてコンビニに届くんだ。そうだ、コンビニで晩ご飯買って帰ろうよ。

M ： ええ？コンビニ弁当が晩ご飯なんてわびしいよ。やっぱスーパーに行こうよ。そんなにおなかすいてるなら、クリーニングはきょうじゃなくてもいいから。

F ： わかった。

2人はどこへ寄ってから家へ帰りますか。

1. クリーニング店とスーパー
2. コンビニとスーパー
3. クリーニング店とコンビニ
4. 本屋とスーパー

一女一男正在交談，兩人要先繞去哪裡再回家呢？

F ： 啊，我肚子好餓，趕快回家吃飯吧。

M ： 那我們先去洗衣店拿衣服，再去超市，然後回家吧。

F ： 啊，等一下才要開始做飯嗎？

M ： 因為家裡什麼也沒有啊。

F ： 嗯。啊，對了，今天接到書已經送到的電話。

M ： 先到書店再去超市比較順路吧。

F ： 書不是送到書店，是送到便利商店。對了，那就在便利商店買晚餐回家吃吧。

M ： 什麼？吃便利商店的便當當晚餐也太空虛了吧，還是去超市啦，妳如果肚子真那麼餓，今天不去拿衣服也可以啊。

F ： 我知道了。

兩人要先繞去哪裡再回家呢？

1. 洗衣店和超市
2. 便利商店和超市
3. 洗衣店和便利商店
4. 書店和超市

正解：2

女の人と男の人が話しています。2人はこれからまず、
何をしますか。

F ： 電話、由香里さんから？

M ： うん、駅から歩くと遠いから迎えに行くって
言ってたよ。

F ： ええ、困った。手土産、最寄り駅で買うつもり
してたのに。

M ： じゃ、先に買っとかなきゃね。

F ： うん、早めに買っとけばよかった。とりあえず、
次の乗り換えの駅で降りて何か買って来る。

M ： 改札を出るとすぐデパートがあるからね。でも、
駅の構内にも店があったはずだよ。そこで見て
いいのがなかったら、デパートへ見に行けば？

F ： そうね。

2人はこれからまず、何をしますか。
1. 次の駅で降りて、駅でお土産を探す
2. 次の駅で降りて、デパートでお土産を探す
3. 次の駅で降りて、電車を乗り換える
4. 最寄り駅で降りて、お土産を買う

一女一男正在交談，兩人之後首
先要做什麼呢？

F ： 剛才的電話，是由香里打來
的嗎？

M ： 嗯，她說從車站走過去太遠
了，要過來接我們。

F ： 哇，這可傷腦筋了。我還想
要在最近的車站買伴手禮過
去的。

M ： 那我們必須先買好囉。

F ： 是啊，要是先買好就好了。
總之，在下一個換車的車站
下車買個東西好了。

M ： 那裡一出站就有百貨公司
了，但是車站裡面應該也有
商店吧。如果那裡找不到合
適的東西，再去百貨公司看
吧！

F ： 說得也是。

兩人之後首先要做什麼呢？

1. 在下一站下車，在車站裡買伴
手禮

2. 在下一站下車，在百貨公司買
伴手禮

3. 在下一站下車，轉乘其它電車

4. 在最近的站下車，買伴手禮

正解：1

4番 MP3 03-03-04

女の人と男の人が話しています。女の人が折ったのはどれですか。

F： みなさん、お手元に長方形の紙がございますか。はい、では、それを半分に折ってください。2つの面積が同じになるようにしてください。

M： これでいいですか。

F： ええ、縦に折ったわけですね。細長い長方形になりましたね。隣の人のを見てください。

M： あっ、短い辺と辺を合わせて折ってますね。僕のと違う。

F： そうですね。では、私のを見てください。角と角を合わせないで折ってみました。後ろの方は角をそろえて三角形に折ってますね。

M： でも、全部、面積は半分ずつになってますね。

F： そうなんです。これで、きちんと説明することの難しさと大切さがわかっていただけましたでしょうか。

一男一女正在交談。女性摺的是哪一張呢？

F： 各位手邊有長方形的紙嗎？好的，那麼，請將它摺成一半。請將這兩半的面積摺成一樣大小。

M： 這樣就可以了嗎？

F： 嗯，您是摺直的對吧，摺成細長的長方形了。請看看隔壁的人摺的。

M： 啊，是將兩個短邊合在一起摺起來啊，和我的不一樣。

F： 沒錯。那麼，請參考我摺的。我試著不對準角和角而摺的，後面的那位是將角對齊而摺成三角形喔。

M： 不過，整體面積都變成各半呢。

F： 就是這樣沒錯。從這點，希望能讓各位了解要仔細說明一件事的困難和重要性。

女の人が折ったのはどれですか。

女性摺的是哪一張呢？

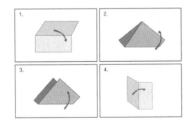

正解：3

5番 🎧MP3 03-03-05

男の人と女の人が話しています。男の人はこれから何をしますか。

F ： 桜井さん、コピーできた？

M ： はい。３０部でしたよね。会議室に運んでありますよ。暖房つけるの会議開始の１５分前でいいですよね。

F ： そうね。まだ小一時間あるわね。桜井さん、仕事が早いから助かるわ。

M ： いいえ、そんなことありません。明日朝も会議あるんですよね。

F ： そう。だから、この資料の数字の確認をお願い。

M ： はい。あのう、昨日の会議の議事録がまだ終わってないんですが。

F ： じゃ、そっちが先ね。数字の確認のほうは森川さんに頼むことにするわ。

男の人はこれから何をしますか。

1. 資料を会議室に運んで、会議の議事録を作る
2. 会議の議事録を作って、会議室の暖房をつける
3. 会議の議事録を作って、資料の数字を確認する
4. 森川さんに資料の数字の確認を頼んで、会議の議事録を作る

一男一女正在交談。男性接下來要做什麼呢？

F ： 櫻井先生，影印好了嗎？

M ： 是，是30份沒錯吧。已經先搬到會議室了。會議開始前15分鐘再開暖氣就可以了吧。

F ： 嗯，還有將近一小時呢。櫻井先生你辦事真有效率，幫了我不少忙。

M ： 哪裡哪裡。明天早上也要開會對吧。

F ： 沒錯，所以拜託你確認這些資料上的數字。

M ： 好的，對了，昨天的會議記錄還沒寫完……

F ： 那就先寫會議記錄吧，確認數字的工作我再請森川小姐幫忙就可以了。

男性在接下來要做什麼呢？

1. 將資料搬到會議室，然後寫會議記錄
2. 寫會議記錄，然後開會議室的暖氣
3. 寫會議記錄，然後確認資料上的數字
4. 請森川小姐確認資料上的數字，然後寫會議記錄

正解：2

問題2

1番 🎧 MP3 03-03-07

男の人と女の人が話しています。男の人はどうして怒っていますか。

F ： 旅行どうだった？小沢さん、今回は遅刻しなかった？

M ： それが怖いガイドさんで。集合時間に遅れたら、叱られたんだよ。それからは、集合時間前に戻ってきてたよ。

F ： へえ。お天気悪かったんじゃないの？

M ： うん、もともと、行くはずだった湖はそれで中止になっちゃってさ。

F ： 残念だったわね。

M ： いや、そこはそんなに行きたいわけでもなかったし。でも、そのせいで予定が変わって、その近くの牧場にも…。

F ： 次の日に行かなかったの？

M ： 雨は上がったんだけど、その日はその日の予定があるからって、結局行けなかったんだ。ああ、そのために申し込んだのに。

F ： まあまあ、そんなに怒らないで。

男の人はどうして怒っていますか。

1. ガイドが怖い人だったから
2. 一緒に行った人が時間を守らなかったから
3. 天候に恵まれず旅行が中止になったから
4. 行きたいところへ行けなかったから

一男一女正在交談，男性為什麼會生氣呢？

F ： 這次的旅行怎麼樣？小澤先生這次沒有遲到啊？

M ： 都是因為這次的導遊太可怕了，一不遵守集合時間，就被罵了呢，從那之後，我每次都比集合時間提早到呢。

F ： 是喔，天氣好像不太好？

M ： 嗯，本來要去的湖也因為天氣不佳而取消了。

F ： 那真是太可惜了。

M ： 不，反正我本來也沒有很想去那裡。不過因為這樣的關係，行程就變了，那附近的牧場也沒去成。

F ： 隔天沒去嗎？

M ： 雖然雨停了，但每天的行程都已經定了，結果就去不成了。唉，我可是特地為了那個行程報名的啊。

F ： 唉呀，別那麼生氣嘛。

男性為什麼會生氣呢？

1. 因為導遊是個很兇的人
2. 因為同行者不守時
3. 因為天候不佳，旅行被迫中止
4. 因為去不成想去的地方

正解：4

2番 MP3 03-03-08

女の人が話しています。骨折した時はどうすればいい
ですか。

F ： ケガをした時にどうすればいいのか、知ってい
るのと知らないのとでは大きな違いがあります。
きょうは切り傷、刺し傷、骨折の場合、どうし
たらいいのかお話します。ナイフなどで深く
切った場合は、傷口を強く抑え、傷のあるとこ
ろを心臓よりも高くします。ガラスや釘などの
刺し傷の場合は、抜かないで病院へ行きましょ
う。もし釘を抜いてしまった場合は、その釘も
いっしょに持って行ってください。骨が折れた
場合は動かないように木や包帯などで固定して、
氷などで冷やして病院に連れて行きましょう。
もし、病院へ連れて行けない場合は１１９番に
電話して相談してください。

骨折した時はどうすればいいですか。
1. 動かないように強く抑えて病院へ連れて行く
2. 骨折したところを心臓より高くして病院へ連れ
て行く
3. 固定して、冷やしながら病院へ連れて行く
4. すぐ１１９番に電話して状況を説明する

一位女性正在說話，骨折的時候
該如何做才好呢？

F ： 說到受傷時應該要怎麼做，
知不知道如何處置，差別可
就大了。今天要介紹的是刀
傷、刺傷、骨折時的處置法。
被刀子等割得傷口很深的時
候，要大力壓住傷口，將傷
處抬得比心臟高。如果是被
玻璃或釘子等刺傷，不要將
它拔出傷口，直接到醫院，
如果已經將釘子拔出了，那
就要把釘子也帶去醫院。骨
折的時候不要移動，用木頭
或繃帶等固定傷處，冰敷傷
口並前往醫院，如果無法去
醫院，請撥打 119 求助。

骨折的時候該如何做才好呢？

1. 不要移動，大力壓住傷處並前
往醫院
2. 將骨折的傷處抬得比心臟高並
前往醫院
3. 固定傷處，邊冰敷並前往醫院
4. 立刻撥打119說明狀況

正解：3

3番 🎧MP3 03-03-09

男の人が話しています。会社のロゴを変えたいちばんの理由は何ですか。

M： この4月より弊社のロゴを一新することになりました。社名は今まで通りですが、平仮名だったロゴをアルファベットの小文字に変更いたしました。弊社もこの度、皆様のおかげで10周年を迎え、会社を見直し、新たな一歩を踏み出したいと考えております。今年度は海外支店も開設することが決まり、台湾、韓国、シンガポールなどでも商品を販売いたします。平仮名の社名で日本らしさをアピールするのもいいのですが、アジアでも弊社ブランドを知っていただくために変更したほうがよいと考え、ロゴ変更を決定いたしました。

会社のロゴを変えたいちばんの理由は何ですか。
1. 10周年を迎えたから
2. 仕事の内容が変わったから
3. 本社を海外に移すから
4. 海外支店を作るから

一位男性正在說話，變更公司商標的最大理由是什麼呢？

M： 從今年4月開始，本公司的商標變得煥然一新。公司名稱雖然沒變，但我們將原本是平假名的商標換成了英文小寫。本公司託各位的福，邁向了成立十周年，因此本人想重新檢視公司，踏出新的一步。今年度將開始設立海外分店，在台灣、韓國、新加坡等地販售商品。平假名字體的公司名稱，可表現日本風味固然不錯，但由於想拓展本公司品牌在亞洲的知名度，因而決定變更商標。

變更公司商標的最大理由是什麼呢？

1. 因為邁向了成立十周年
2. 因為業務的內容改變了
3. 因為總公司將移至海外
4. 因為要成立海外分店

正解：4

MP3 03-03-10

女の人と男の人が話しています。女の人は何のために
ボランティアに参加したのですか。

F ： 今回はいろいろお世話になりました。

M ： いいえ、ボランティアに参加されていかがでし
たか。

F ： 参加してよかったです。私は東北出身なので、
少しでも地元の方の力になれたらと思い参加し
ました。

M ： 実際、現地の様子を見ていかがでしたか。

F ： 海だと思っていたところが以前は町だったと聞
き、ショックを受けました。ボランティアを通
して、絶対復興させなきゃならないと強く思い
ました。

M ： 相田さんは大学を卒業してから、東北に関係の
ある企業に就職されるそうですね。

F ： はい、これからも現地に足を運び、そこで生活
されている方が本当にほしい物やサービスをご
提供したいと思っています。

M ： そうですか。がんばってください。

**女の人は何のためにボランティアに参加したのです
か。**

1. ふるさとの人を助けるため
2. 現地の様子を知るため
3. 就職活動のため
4. ボランティアを連れて行くため

一女一男正在交談，女性是為了
什麼而參加志工活動的呢？

F ： 這次受您的照顧了。

M ： 哪裡，您這次參加志工活動
覺得如何呢？

F ： 我覺得有參加真是太好了。
我是東北出身的，希望能多
少為家鄉盡點心力，所以才
來參加。

M ： 您實際上看到當地的樣子，
感想如何呢？

F ： 我聽到自己以為是海的地
方，以前曾經是個城鎮，覺
得非常震撼。我非常希望能
透過志工活動，讓這個地方
一定要重建起來。

M ： 聽說相田小姐大學畢業後，
會在與東北相關的企業就
業。

F ： 是的，今後我也會到現場，
提供在那裡生活的人們真正
需要的物品和服務。

M ： 是這樣啊，請加油。

女性是為了什麼而參加志工活動
的呢？

1. 為了幫助故鄉的居民

2. 為了瞭解當地的狀況

3. 為了找工作

4. 為了帶志工過來

正解：1

235

5番 🎧 MP3 03-03-11

男子学生と女子学生が話しています。男子学生はどんな練習がいちばんいいと言っていますか。

F：10月の運動会で1人200メートルずつ、4人で走るんだけど、何かいい練習方法はないかな？

M：選手に選ばれたんだ。おめでとう。練習の基本はやっぱり毎日走ること。で、その時に時間を記録しておくほうがいいよ。

F：走ってタイムを計るのね。腕の振り方とか、膝を高く上げるとかフォームも研究しといたほうがいいかな。

M：うん、それなら、体育の吉野先生にDVDを借りるといいよ。練習はリレーのメンバー全員でやるの？

F：まだ決まってないけど。

M：ぜひいっしょにやるべきだよ。リレーは走る速さも大切だけど、バトンの受け渡しは特に大切だからね。バトンを渡す時に落としたり、なかなか渡せなかったりして、順位が変わることがよくあるからね。この練習は絶対やっといたほうがいいよ。

F：わかった。じゃ、あしたみんなに話してみる。

男學生和女學生正在交談，男學生認為什麼樣的練習是最好的呢？

F：10月的運動會上，要參加每人200公尺，四人接力跑的比賽，有沒有什麼好的練習方法呢？

M：你被選為選手了啊，恭喜你！最基本的練習當然是每天跑步。然後，練習的時候把時間記錄下來會比較好喔。

F：跑步測量時間嗎？手臂的擺動方法，和抬膝的高度等等形式是不是也要先研究比較好呢？

M：嗯，如果是這樣的話，向體育科的吉野老師借DVD就可以了。你們是參加接力的全部隊友一起練習嗎？

F：還沒決定耶。

M：一定要一起練習喔。接力賽時速度固然重要，但是接力棒的傳接尤其重要。因為在傳棒的時候掉棒，或是傳不好，而造成順位改變也是常有的事呢，所以這些練習也要先做比較好。

F：我知道了，那我會和大家討論看看的。

男子学生はどんな練習がいちばんいいと言っていますか。

1. 毎日走ってタイムを記録する
2. バトンを渡す練習をする
3. 腕や足のフォームを研究する
4. 速い人と一緒に走る

男學生認為什麼樣的練習是最好的呢？

1. 每天跑步並記錄時間
2. 練習傳接力棒
3. 研究手臂和腳的動作
4. 和速度快的人一起跑

正解：2

6番 🎧MP3 03-03-12

店長とアルバイトの女の子が話しています。女の子はどうして怒られましたか。

M： 平野さん、お勉強ですか。

F： はい、あした期末試験なんです。

M： 試験の準備をしたい気持ちはわかるけど、バイトも仕事なんだよ。

F： さっき言われた仕事が終わって何もすることがないので、いいかなって。

M： あのね、仕事は自分で探すもんなんだよ。言われたことだけやってちゃだめ。それに、勉強しながら、お客様をお待ちするなんて、失礼でしょう。

F： はい、すみませんでした。あっ、いらっしゃいませ。

M： 早く、お客様をお席までご案内して。

女の子はどうして怒られましたか。

1. 試験勉強をしていたから
2. 言われた仕事をやらなかったから
3. 客に失礼な態度をとったから
4. 仕事が遅いから

店長和打工的女店員正在交談，女孩為什麼會被責罵呢

M： 平野小姐，妳在念書嗎？

F： 是，因為明天是期末考。

M： 我了解妳想準備考試的心情，但是打工也是工作啊。

F： 剛才你交代的工作做完以後，我沒有什麼好做的了，就想說可以念書。

M： 我說啊，工作是要自己去找的啊。只做別人交代的工作是不行的，而且一邊念書，一邊等待客人，也太失禮了。

F： 是，真的很抱歉。啊，歡迎光臨。

M： 快點帶客人去就座吧。

女孩為什麼會被責罵呢？

1. 因為在準備考試
2. 因為沒有做被交代的工作
3. 因為以失禮的態度對待客人
4. 因為工作速度很慢

正解：1

237

問題 3

1番 MP3 03-03-14

男の人が食品について話しています。

M： 私たちの周りには微生物の力を借りて作られた
さまざまな発酵食品があります。ビールやワイ
ンなどのアルコール類、醤油、味噌などの調味
料もそうです。味噌にはたんぱく質が豊富に含
まれています。大豆に納豆菌をつけて発酵させ
た納豆には、血圧を下げる効果があります。酢
にも同じ効果がありますが、それ以外にカルシ
ウムの骨への吸収を高めたり、エネルギーを補
給し、疲労回復を促す効果もあります。日本に
は1300年前にはすでに発酵食品があったと考
えられています。日本人がご飯と味噌汁を基本
とした質素な食事をしながら、健康でいられた
のはこうした発酵食品のおかげだと言えるので
はないでしょうか。

男の人は何について話していますか。
1. 発酵食品の種類について
2. 発酵食品の作り方について
3. 発酵食品の栄養価について
4. 発酵食品の歴史について

一位男性正在針對食品發表意見。

M： 在我們的周遭，有許多利用
微生物的力量而做成的各式
發酵食品，啤酒、葡萄酒等
酒精類、醬油、味噌等調味
料都是。味噌含有豐富的蛋
白質。在黃豆上沾上納豆
菌，發酵而成的納豆，有降
低血壓的效果。雖然醋也有
一樣的效果，但納豆除此之
外還能提高骨頭吸收的鈣
質，補充體力、促進消除疲
勞等效果。一般認為日本在
1300年前就已經有發酵食品
了，日本人飲食簡單，以白
飯和味噌湯為主，卻能保持
健康，應該可說是這些發酵
食品的功勞吧。

男性談話的主題為何？

1. 發酵食品的種類

2. 發酵食品的做法

3. 發酵食品的營養價值

4. 發酵食品的歷史

正解：3

医者が話しています。

F ： 寒くなるとインフルエンザが流行します。日本
　　では例年 11 月から 12 月頃に流行がはじま
　　り、1 月から 3 月にピークを迎えるというよう
　　に、インフルエンザは季節性のカゼということ
　　ができます。普通のカゼは 1 年を通してみられ
　　るので、ここが違うところですね。咳やくしゃ
　　みなどが感染の原因になるところは同じですが、
　　普通のカゼは熱もあまり高くなりませんし、喉
　　の痛みや鼻水、鼻づまりなどの症状が主です。
　　一方、インフルエンザは高熱を伴って急に発症
　　し、体の関節や筋肉が強く痛みます。インフル
　　エンザウイルスは急激に増えますので、インフ
　　ルエンザにかかったかなと思ったら、早めに病
　　院に行きましょう。インフルエンザの薬は発症
　　後 ４８ 時間を過ぎると充分な効き目が期待でき
　　なくなるからです。

女の人は何について話していますか。
1. インフルエンザの症状
2. インフルエンザとカゼの違い
3. インフルエンザの感染経路
4. インフルエンザの治療法

一位醫生正在說話。

F ： 天氣一變冷，流行性感冒就
　　開始流行。在日本，每年 11
　　月到 12 月左右開始流行，1
　　月到 3 月達到流行高峰，因
　　此流行性感冒可說是季節性
　　的感冒。一般感冒一整年都
　　可能發生，這一點就和流感
　　不同。咳嗽、噴嚏等感染原
　　因雖然一樣，但一般感冒的
　　發燒溫度並不高，而且以喉
　　嚨痛、流鼻水、鼻塞等症狀
　　為主。另一方面，流行性感
　　冒則和高燒同時發病，身體
　　關節和肌肉也會有強烈的疼
　　痛。由於流行性感冒病毒會
　　急速增加，因此當你覺得可
　　能感染時，請儘早就醫，因
　　為流行性感冒的藥在發病 48
　　小時後，就無法發揮充分的
　　效果。

女性談話的主題為何？
1. 流行性感冒的症狀
2. 流行性感冒和感冒的不同
3. 流行性感冒的傳染路徑
4. 流行性感冒的治療方法

正解：2

3番 MP3 03-03-16

がっこう ふたり せんせい はな
学校で2人の先生が話しています。

M： 最近、交換留学生に日本の伝統文化について、
じゅぎょう い
授業でやってほしいって言われてるんですよ。

わたし ちゃ はな こども
F： 私はお茶もお花も子供のころにちょっとやった
だけだし。

がいぶ せんせい まね べんきょうかい
M： 外部から先生をお招きして、勉強会をやるって
いうのはどうでしょうか。

さんか ひと がくない かぎ
F： そうすると、参加できる人が学内だけに限られ
しやくしょ と あ
ちゃいますね。そうだ、市役所に問い合わせて
しやくしょ こうざ がくせいい
みたらどうでしょう。市役所の講座なら学生以
がい ひと こうりゅう
外の人との交流もできるし。

でんとうぶんか きょうみ りゅうがくせい にほんじん
M： ああ、伝統文化に興味がある留学生も日本人も
さんか
いっしょに参加するといいですね。

りゅうがくせい にほんご はな
F： そうすれば、留学生にとっては日本語を話すチャ
ンスになりますね。

さき りゅうがくせい じゅぎょう かんたん せつめい
M： でも、先に留学生には授業で簡単に説明したほ
じょうたい きほんてき しつもん じ
うがいいんじゃないでしょうか。まるっきりわ
からない状態だと基本的な質問ばかりして、時
かん
間をとってしまうかもしれません。

かんが
F： そうですね。じゃ、いっしょに考えてみましょ
うか。

ふたり せんせい ほうほう かんが
2人の先生はどの方法がいいと考えていますか。

きょうし でんとうぶんか じゅぎょう おこな
1. 教師が伝統文化の授業を行う
がいぶ せんもんか まね じゅぎょう おこな
2. 外部の専門家を招いて授業を行う
しやくしょ ひら こうざ さんか
3. 市役所が開いている講座に参加する
じゅぎょう せつめい あと しやくしょ ひら こうざ さん
4. 授業で説明した後で、市役所が開いている講座に参
か
加する

兩位教師正在學校裡交談。

M： 最近，交換留學生們說想要
上和日本傳統文化相關的課
呢。

F： 可是我只有在小時候稍微碰
過茶道和花道而已。

M： 我們外聘老師，舉行讀書會
怎麼樣呢？

F： 這樣的話，能參加的人就侷
限是校內的學生。對了！要
不要向市公所詢問一下？如
果是市公所的講座，還可以
和校外的人士進行交流呢。

M： 喔，如果是對傳統文化有興
趣的留學生和日本人一起參
加的話，還不錯呢。

F： 這樣的話，對留學生而言也
是個練習說日文的機會。

M： 但是，在那之前還是對留學
生簡單地說明課程會比較好
吧，在毫不知情的狀態下，
就會一直問基礎的問題，可
能會占用時間也說不定。

F： 說的也對。那我們一起來想
想看吧。

兩位教師覺得哪一個方法比較好
呢？

1. 教師開傳統文化的課
2. 找校外的專家開課
3. 參加市公所的講座
4. 在課堂上說明過後，參加市公
所舉辦的講座

正解：4

4番 MP3 03-03-17

女の人が話しています。

F ： 子供が中学生になって携帯電話を買ってほしいと言っています。私は仕事をしていて1日家にいませんし、娘は一人っ子なので、連絡用つまり電話機能だけなら持たせたいと思っていますが、娘はインターネットのコンテンツ、特にSNSなどのコミュニティ系コンテンツに興味があるようです。しかし、中学生の間は出会い系サイトなどの有害サイトにアクセスできないように設定されているフィルタリングサービスを利用したものを使わせたほうがいいのではないかと思っています。将来、大学生になってから、安全にコミュニティ系のコンテンツが使えるようなサービスが始まるまでは、そうしようと思っています。

女の人はどう考えていますか。

1. 携帯電話はこどもに持たせたくない
2. 電話機能だけの携帯電話なら持たせたい
3. フィルタリングサービスを使った携帯電話は安心できない
4. 安全にSNSが使える携帯電話を持たせる

一位女性正在說話。

F ： 我的孩子上了中學以後，就說希望我能買手機給她。我要工作，整天都不在家裡，女兒又是獨生女，所以我想買用於聯絡，也就是只有電話功能的手機給她，但女兒對網路功能，特別是SNS等社群網站類的功能很有興趣的樣子。但是我認為在中學時期，讓孩子使用有過濾功能，設定無法連上交友網站等有害的網站的手機比較好。將來她上大學以後，或是在能夠安全使用社群網站功能的服務開始之前，我都想這樣做。

女性是怎樣想的呢？

1. 不想讓孩子帶手機
2. 想讓孩子帶只能打電話的手機
3. 有過濾功能的手機令人不安心
4. 讓孩子帶著能安全使用SNS的手機

正解：2

241

5番 (MP3) 03-03-18

会社で男の人と女の人が話しています。	在公司裡，一男一女正在交談。
M：坂田さん、さっきの資料ってもう送っちゃった？	M：坂田小姐，剛才的資料已經寄了嗎？
F：今、送るところ。ごめんね、さっき忙しかったもんだから。	F：現在正要寄。不好意思，因為剛才有點忙。
M：いや、それならよかった。ちょっと資料返してくれる？	M：不，如果是這樣正好，可以把資料還我嗎？
F：何か入れ忘れたの？	F：是什麼忘記放進去了嗎？
M：ううん、資料のコピーを見てたら、商品の写真と商品番号が間違ってることがわかって。	M：不是，我剛才看了資料的影本，發現商品的照片跟商品編號錯了。
F：大変じゃない。じゃ、そこを直したら言ってよ。送るから。	F：那可糟了，那如果你改完跟我說吧，我再寄出去。
M：うん、すぐ直すから、待ってて。とにかく間に合ってよかったよ。	M：嗯，我馬上改，等我一下。總之能趕上真是太好了。

男の人は何のために女の人のところに来て話しているのですか。

1. 資料を送ってもらおうと思って来た
2. 資料を変更してもらうために来た
3. 資料の変更をしたいと思って来た
4. 資料のコピーをとりたいので来た

男性為什麼要來找女性說話呢？

1. 來請女性幫他寄資料
2. 來請女性幫他更改資料
3. 為了更改資料而來
4. 為了影印資料而來

正解：3

問題4

1番 (MP3) 03-03-20

M： お客様がいらっしゃるから、失礼のないようにね。	M： 客人就要來了。請注意不要失禮喔。
F： 1. はい、すぐにあやまります。 2. はい、十分注意します。 3. はい、今後気をつけます。	F： 1. 是的。我立刻道歉。 2. 是的。我會好好注意。 3. 是的。我以後會留意。

正解：2

2番 (MP3) 03-03-21

F： 規則は規則だから、守ってもらわないと。	F： 規定就是規定。請務必要遵守。
M： 1. これからは守るようにします。 2. これからは気をつけてくださいね。 3. 規則を守るのは当然のことなのにね。	M： 1. 今後我會努力遵守。 2. 今後請多注意點喔。 3. 遵守規定本來就是理所當然的嘛。

正解：1

> !　**重點解說**
>
> 「守ってもらわないと」是「要對方務必遵守」的意思，提醒不遵守規定的人時使用。

3番 (MP3) 03-03-22

M： もう、クタクタですよね。	M： 真是累死人了呢。
F： 1. ええ、私もヘトヘトです。ちょっと休みましょう。 2. 疲れたので、休ませていただけませんか。 3. そうですね。もう、十分休みましたよね。	F： 1. 是啊，我也累壞了。我們稍稍休息一下吧。 2. 因為我累了，可以讓我休息一下嗎？ 3. 說的也是，已經休息地很夠了嘛。

正解：1

重點解說

「クタクタ」與「ヘトヘト」都是疲憊的意思。

4番 🎧 MP3 03-03-23

F ： 今日中にこの仕事やっちゃわなきゃなんないの？	F ： 今天之內要把這工作完成嗎？
M ： 1. 手が空いたら、手伝うよ。	M ： 1. 妳要是沒事的話，來幫忙一下吧。
2. 今日中には片付かないんじゃない？	2. 妳並沒有在今天之內處理完成不是嗎？
3. この量、どう考えても無理だよね。	3. 這樣的工作量，不論怎麼想都覺得無法喔。 **正解：3**

重點解說

「やっちゃわなきゃ　なんないの？」是「やってしまわなければ　ならないの」的口語說法。

5番 🎧 MP3 03-03-24

M ： どうせ今からがんばっても…。	M ： 反正就算是現在才開始努力，也無濟於事了。
F ： 1. もうあきらめてるの？そんなんじゃ受かるものも受からないよ。	F ： 1. 已經放棄了嗎？這樣就算原本能上的終究也是上不了。
2. はりきってるわね。私も応援してる。	2. 你真是衝勁十足呢。我也會為你加油喔。
3. 今から、がんばって、間に合うの？	3. 現在才開始加油，來得及嗎？ **正解：1**

6番 (MP3) 03-03-25

F :	危うく新幹線に乗り遅れるところでした。	F :	差點就搭不上新幹線了。
M :	1. 駆け込み乗車は危険だって言ったでしょ。	M :	1. 我說過了要關門時衝進車廂是很危險的吧。
	2. 間に合ってよかったですね。		2. 趕得上真是太好了。
	3. 次の新幹線に乗るしかないね。		3. 只能搭下一班新幹線囉。

正解：2

🔍 重點解說

「V（書形）ところだった」表示差點要變成某個不好的結果，但實際上並沒有變成這樣的意思。

7番 (MP3) 03-03-26

M :	聞いてもみないのに、どうして断られると思うの？	M :	明明都還沒問過，為什麼認為會被拒絕呢？
F :	1. そうだね。もう一度、頼んでみるよ。	F :	1. 說的也是。再試著拜託一次看看吧。
	2. 聞く前からダメだって決めつけないで。		2. 不要在問之前就覺得一定不行啦。
	3. 聞いてみないと、結果はわからないよね。		3. 如果不問問看，也不會知道結果對吧。

正解：3

8番 (MP3) 03-03-27

F :	さっきから、何をぶつぶつ言ってるの？	F :	你從剛才開始一直在發什麼牢騷呢？
M :	1. レポートがよく書けてるって言われて。	M :	1. 我被誇說報告寫得很棒呢。
	2. なんで怒られたのか、納得いかなくて。		2. 我不知道我為什麼會被罵呀。
	3. ごめん、ごめん、話すのが早すぎた？		3. 抱歉，抱歉，我話說得太快了嗎？

正解：2

9 番 🎧 MP3 03-03-28

M： スピーチコンテストの件、考え直してくれない
　　かな？

F： 1. コンテストについての考えを聞きたいってこ
　　　とですね。
　　2. スピーチの内容をもう一度、考えるんですね

　　3. やっぱり出るのは、やめておきます。

M： 關於演講比賽這件事，可否
　　再為我們重新考慮一下呢？

F： 1. 也就是說您想聽聽關於演
　　　講我是怎麼思考的吧。
　　2. 我正再一次地構思演講內
　　　容呢。
　　3. 我想還我是不參加不出賽
　　　了。 　正解：3

10 番 🎧 MP3 03-03-29

F： こんな失敗の一つや二つ、誰にでもあるって。

M： 1. そんな言い方しなくてもいいじゃないですか。
　　2. そう、そう、そんなに落ち込むことないよ。

　　3. ありがとう。くよくよしてても仕方ないよね。

F： 任誰都會有一兩次像這樣的
　　失敗喔。

M： 1. 妳沒必要這麼說吧。
　　2. 對嘛，對嘛，沒必要這麼
　　　意志消沉嘛。
　　3. 謝謝。悶悶不樂也無濟於
　　　事對吧。 　正解：3

🔍 重點解說

「そんな言い方しなくてもいいじゃないですか」使用於被人責難或被說了不好的話等時機。
「落ち込むことない」是「沒必要意志消沉」的意思。

11 番 🎧 MP3 03-03-30

M： せっかくのお誘いなんですが。

F： 1. わざわざすみません。
　　2. そうですか。残念です。
　　3. 必ず参ります。

M： 難得邀我參加，可是我卻…。

F： 1. 感謝您特意前來。
　　2. 這樣啊，真可惜。
　　3. 我一定去。 　正解：2

F ： 引越先に全部持っていくわけにはいかないんじゃないかな。

M ： 1. すべて持っていく方法を考えなきゃね。

2. 半分くらいはあきらめなきゃね。

3. 何も持っていっちゃだめってこと？

F ： 我覺得好像沒有把所有東西都搬過來新家耶。

M ： 1. 必須要思考一下全帶過來的方法。

2. 有一半的東西必須得放棄呢。

3. 妳是說不可以全部都帶走的意思嗎？ 正解：2

模擬試題

第1回 解答

第2回 解答

第3回 解答

問題 5

1番 (MP3) 03-03-33

両親と息子が話しています。

M1： エアコン、最近調子悪いから、新しいの買おうよ。

F ： まだ、今のが使えるのにもったいない。

M2： 調子はちょっと悪いよな。修理に出してみよう。

F ： 修理代も高くないといいけど。

M1： そうだよ。修理代のほうが高いよ。今の新しいのは電気代もあまりかからないから、そのほうが結局はお得だって。

F ： でも、捨てる時にもタダってわけにはいかないのよ。

M2： そうだな。修理代がいくらかかるかわからないのに、買うと決めるのは早すぎる。

F ： そうね。じゃ、あした電話をかけとくわ。見積もり出してくれって。

エアコンはどうすることにしましたか。

1. 今のエアコンを使う
2. エアコンが安ければ、買う
3. いいエアコンが見つかれば、買う
4. 修理代がいくらかかるか聞く

父母和兒子正在說話。

M1： 冷氣最近怪怪的，買一台新的嘛。

F ： 但是現在這台還可用，真是太浪費了。

M2： 狀況是有點怪，送修看看吧。

F ： 如果修理費不高的話，是無所謂。

M1： 對呀，修理費還比較高呢。聽說現在新型冷氣都不太耗費電費，所以結果還比較節省。

F ： 但是，要丟掉的時候不會是免費處理吧。

M2： 說得也是，還不知道修理費要花多少，就決定要買，是有點太急了。

F ： 是啊。那，我明天先打電話，請對方幫我們估價。

他們決定如何處置冷氣呢？

1. 使用現在的冷氣
2. 如果冷氣便宜，就買新的
3. 如果找到好的冷氣，就買一台
4. 先問修理費要多少錢

正解：4

女の人と学生２人が話しています。

F1： では、こちらのアンケートなんですが、インターネットで購入する場合の受け取り方法と支払方法についてです。あてはまるものに○を付けてください。いつもカードで支払って、自宅まで届けてもらうという場合はA、カードで支払って、コンビニエンスストアで受け取る場合はB、自宅まで届けてもらって、現金で支払う場合はC、コンビニエンスストアで受け取って、現金で支払う場合はDに○を付けてください。では、よろしくお願いいたします。

M： 支払いは現金を持ち歩くのがきらいなんで、だいたいカードですね。

F2： 私はカードより現金のほうが安心。

M： 大金持って歩くほうがよっぽど危ないよ。

F2： そうかな。受け取りは、服や靴なんかのかさばるものや、パソコンなんかの重くて大きいものは、家まで届けてもらうことが多いわね。家にいなきゃいけないのが欠点だけど。

M： 普段はアルバイトで家にいないことが多いから、本当はアルバイト先に送ってもらいたいけど、そんなことしたらクビになっちゃうから。

F2： 家まで送ってもらうのね。

M： うん。買い物のついでに受け取る場合もあるけど、どっちかっていうと家だな。

女性和兩位學生正在交談。

F1： 那麼，關於這次的問卷，內容是關於在網路上購物時的取貨和付款方式，請將符合的選項圈起來。總是使用信用卡支付，請對方送貨到家裡的請選A；以信用卡支付，在便利商店取貨的請選B；請對方送貨到家，再支付現金的請選C；在便利商店取貨，以現金支付的請選D。那麼，就麻煩兩位作答了。

M： 我不喜歡帶著錢到處走，大部分都是用信用卡付款。

F2： 我是覺得用現金比用卡還安心。

M： 帶著大筆錢走在路上，才更危險呢。

F2： 是嗎？取貨的時候，衣服和鞋子的體積大，電腦也又重又大，所以我常常請對方送到家裡呢，但是缺點就是一定要在家裡等。

M： 平常都要打工不在家的時間較多，其實很想請他們把貨送到打工的地方，但如果真的做了這種事，是會被開除的。

F2： 所以你也是請對方送到家裡囉。

M： 嗯。我也會買東西的時候順便取貨，但真要說起來還是比較常送到家。

男の人はどれに○をつけましたか。

1. A
2. B
3. C
4. D

男性將哪一個選項圈起來了？

1. A
2. B
3. C
4. D

正解：1

3番 🎧 MP3 03-03-36

テレビを見ながら、男女2人が話しています。

M1： お中元、お歳暮、クリスマスにバレンタインデー。日本人は誕生日以外にも贈り物をする習慣があります。これについて、佐藤さんはお世話になった感謝の気持ちを贈り物という形で渡すのはいいことだから、日本、海外にかかわらず、この習慣を続けるほうがいいと考えています。しかし、鈴木さんは企業が金儲けのために利用している現状を批判しています。例えば、バレンタインデーにチョコレートを贈るのは食品メーカーが考えたと言われています。山田さんは、お中元やお歳暮など日本の伝統は守るべきだが、外国の習慣まで日本に持ち込むことはないと考えています。北川さんは、形より心のほうが大切なので、すべての贈り物の習慣をなくしていくべきだと考えています。

F： 形より心のほうが大切だというのはわかるけど、やっぱり私は贈り物を贈るほうがいいと思う。

男女兩人一邊看著電視，一邊交談。

M2： 中元節、年終、聖誕節，還有情人節，日本人除了在生日這一天以外其他日子也有送禮的習慣。關於這一點，佐藤先生認為將感謝別人照顧自己的心意以送禮的形式傳達是件好事，無論日本或海外，都應該要持續這個習慣。然而鈴木先生則批判企業利用這點賺錢的現狀，例如：據說在情人節送巧克力就是食品廠商想出來的。山田先生認為應該要維持中元節和年終送禮的日本傳統，但沒有必要把外國的習慣也帶進日本。北川先生認為，比起形式，心意更重要，因此應該取消所有送禮的習慣。

F： 我了解比起形式心意更重要的道理，但我還是覺得要送禮比較好。

M2： そうかな。心を込めてお礼を言えば、伝わると思うな。

F ： 心は見えないわよ。

M2： そうだね。でも贈り物を贈ることが習慣化するのはよくないんじゃない？

F ： 言いたいことはわかる。私も外国の習慣は必要ないと思うけど、日本の伝統は守るべきよ。言葉だけでは足りないと思うから。

M2： 僕は贈り物をあげる方ももらう方も負担になっている場合が多いと思う。喜んでるのは企業だけだと思うな。そんなの変だよ。

質問 1

女の人はどう考えていますか。

1. 佐藤さんと同じ考え
2. 鈴木さんと同じ考え
3. 山田さんと同じ考え
4. 北川さんと同じ考え

質問 2

男の人はどう考えていますか。

1. 佐藤さんと同じ考え
2. 鈴木さんと同じ考え
3. 山田さんと同じ考え
4. 北川さんと同じ考え

M2： 是這樣嗎？如果誠心表達感謝，我想對方應該能感受得到。

F ： 心意可是看不到的喔。

M2： 也對。但是把送禮變成習慣，不是不太好嗎？

F ： 我明白你的意思，我也覺得外國的習慣沒有必要，應該要遵循日本的傳統，因為我認為只靠語言表達是不夠的。

M2： 我覺得送禮對送禮和收禮的人來說，常常都是負擔，覺得開心的只有企業吧。這樣太奇怪了。

問題1

女性是怎麼想的呢？

1. 和佐藤先生一樣的想法
2. 和鈴木先生一樣的想法
3. 和山田先生一樣的想法
4. 和北川先生一樣的想法

正解：3

問題2

男性是怎麼想的呢？

1. 和佐藤先生一樣的想法
2. 和鈴木先生一樣的想法
3. 和山田先生一樣的想法
4. 和北川先生一樣的想法

正解：2

日本語能力試験 解答用紙

N2
聴解

受験番号
Examinee Registration
Number

名前
Name

〈ちゅうい Notes〉

1. くろいえんぴつ (HB、No2) でかいてください。
(ペンやボールペンではかかないでください。)
Use a black medium soft (HB or No.2) pencil.
(Do not use any kind of pen.)

2. かきなおすときは、けしゴムできれいにけして
ください。
Erase any unintended marks completely.

3. きたなくしたり、おったりしないでください。
Do not soil or bend this sheet.

4. マークれい Marking examples

よいれい Correct Example	わるいれい Incorrect Examples
●	⊘ ⊖ ○ ◑ ◍ ①

もんだい 題 1

もん問				
例	①	②	●	④
1	①	②	③	④
2	①	②	③	④
3	①	②	③	④
4	①	②	③	④
5	①	②	③	④

もんだい 題 2

もん問				
例	①	●	③	④
1	①	②	③	④
2	①	②	③	④
3	①	②	③	④
4	①	②	③	④
5	①	②	③	④
6	①	②	③	④

もんだい 題 3

もん問				
例	①	②	●	④
1	①	②	③	④
2	①	②	③	④
3	①	②	③	④
4	①	②	③	④
5	①	②	③	④

もんだい 題 4

もん問			
例	①	●	③
1	①	②	③
2	①	②	③
3	①	②	③
4	①	②	③
5	①	②	③
6	①	②	③
7	①	②	③
8	①	②	③
9	①	②	③
10	①	②	③
11	①	②	③
12	①	②	③

もんだい 題 5

もん問				
1	①	②	③	④
2	①	②	③	④
3 (1)	①	②	③	④
3 (2)	①	②	③	④

3番

まず話を聞いてください。それから、二つの質問を聞いて、それぞれ問題用紙の1から4の中から、最もよいものを一つ選んでください。

質問1

1　1つ目の方法

2　2つ目の方法

3　3つ目の方法

4　4つ目の方法

質問2

1　1つ目の方法

2　2つ目の方法

3　3つ目の方法

4　4つ目の方法

問題 1

　問題 1 では、まず質問を聞いてください。それから話を聞いて、問題用紙の 1 から 4 の中から、最もよいものを一つ選んでください。

例

1　水でうがいすること

2　お茶でうがいすること

3　お茶でうがいして、適度に運動もすること

4　適度に運動すること

1番

1 企画案と価格のデータ

2 価格のデータと試作品

3 試作品とパッケージデザイン

4 パッケージデザインと企画案

2番

1 いらない資料を捨てる

2 ファイルを分類する

3 ファイルをパソコンに保存する

4 ファイルを置く場所を決める

3 番

1 申込書

2 スポーツシューズ

3 受講料

4 タオル

4 番

1 北区図書館へ返しに行く

2 ショッピングモールへ返しに行く

3 附属図書館へ返しに行く

4 延滞料を払う

5 番

1 申込書を書く

2 やりたい仕事を連絡する

3 10日の説明会に申し込む

4 18日の説明会に申し込む

もんだい
問題2

　問題2では、まず質問を聞いてください。そのあと、問題用紙のせんたくしを読んでください。読む時間があります。それから話を聞いて、問題用紙の1から4の中から、最もよいものを一つ選んでください。

れい
例

1　歌が上手だから

2　フレンドリーなイメージがあるから

3　ダンスが上手だから

4　ハンサムだから

1番
ばん

1 昔からある有名な会社だから

2 テレビで商品が紹介されたから

3 この土地のものや作り方を守って作っているから

4 客の信頼を獲得したから

2番
ばん

1 残業のない日ができたから

2 テニスのアニメが好きだったから

3 ストレスが解消できるから

4 同僚に誘われたから

6

3番

1 地方に住んでいるから
2 旅行に便利だから
3 生活に必要だから
4 車の運転が好きだから

4番

1 仕事で緊張しているから
2 あまり寝ていないから
3 最近暑かったから
4 カゼをひいているから

5番

1 食事の心配をしなくていいから

2 留学生が住んでいるから

3 安く借りられるから

4 安全だから

6番

1 健康によさそうだから

2 仕事中だから

3 歯を白くしていたいから

4 新しい商品に興味があるから

問題 3

　問題 3 では、問題用紙に何もいんさつされていません。この問題は、全体としてどんな内容かを聞く問題です。話の前に質問はありません。まず話を聞いてください。それから、質問とせんたくしを聞いて、1 から 4 の中から、最もよいものを一つ選んでください。

－メモ－

問題 4

　問題4では、問題用紙に何もいんさつされていません。まず文を聞いてください。それから、それに対する返事を聞いて、1から3の中から、最もよいものを一つ選んでください。

ーメモー

もんだい
問題5

問題5では、長めの話を聞きます。この問題には練習はありません。

メモをとってもかまいません。

1番、2番

問題用紙に何もいんさつされていません。まず話を聞いてください。それから、質問とせんたくしを聞いて、1から4の中から、最もよいものを一つ選んでください。

－メモ－

問題用紙

N2

聴解

（50分）

注　意
Notes

1. 試験が始まるまで、この問題用紙を開けないでください。
   Do not open this question booklet until the test begins.

2. この問題用紙を持って帰ることはできません。
   Do not take this question booklet with you after the test.

3. 受験番号と名前を下の欄に、受験票と同じように書いてください。
   Write your examinee registration number and name clearly in each box below as written on your test voucher.

4. この問題用紙は、全部で 13 ページあります。
   This question booklet has 13 pages.

5. この問題用紙にメモをとってもかまいません。
   You may make notes in this question booklet.

受験番号 Examinee Registration Number	

名前 Name	

日本語能力試験 解答用紙

N2

聴解

受験番号
Examinee Registration
Number

名前
Name

もんだい 問題 1

	①	②	③	④
例	①	●	③	④
1	①	②	③	④
2	①	②	③	④
3	①	②	③	④
4	①	②	③	④
5	①	②	③	④

もんだい 問題 2

	①	②	③	④
例	①	●	③	④
1	①	②	③	④
2	①	②	③	④
3	①	②	③	④
4	①	②	③	④
5	①	②	③	④
6	①	②	③	④

もんだい 問題 3

	①	②	③	④
例	①	●	③	④
1	①	②	③	④
2	①	②	③	④
3	①	②	③	④
4	①	②	③	④
5	①	②	③	④

もんだい 問題 4

	①	②	③
例	①	●	③
1	①	②	③
2	①	②	③
3	①	②	③
4	①	②	③
5	①	②	③
6	①	②	③
7	①	②	③
8	①	②	③
9	①	②	③
10	①	②	③
11	①	②	③
12	①	②	③

もんだい 問題 5

		①	②	③	④
1		①	②	③	④
2		①	②	③	④
3	(1)	①	②	③	④
	(2)	①	②	③	④

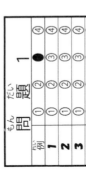

解答用紙

日本語能力試験 解答用紙

N2
聴 解

受 験 番 号
Examinee Registration
Number

名 前
Name

もんだい 問題 1

	①	②	③	④
例	①	●	③	④
1	①	②	③	④
2	①	②	③	④
3	①	②	③	④
4	①	②	③	④
5	①	②	③	④

もんだい 問題 2

	①	②	③	④
例	①	●	③	④
1	①	②	③	④
2	①	②	③	④
3	①	②	③	④
4	①	②	③	④
5	①	②	③	④
6	①	②	③	④

もんだい 問題 3

	①	②	③	④
例	①	●	③	④
1	①	②	③	④
2	①	②	③	④
3	①	②	③	④
4	①	②	③	④
5	①	②	③	④

もんだい 問題 4

	①	②	③
例	①	●	③
1	①	②	③
2	①	②	③
3	①	②	③
4	①	②	③
5	①	②	③
6	①	②	③
7	①	②	③
8	①	②	③
9	①	②	③
10	①	②	③
11	①	②	③
12	①	②	③

もんだい 問題 5

	①	②	③	④
1	①	②	③	④
2	①	②	③	④
3 (1)	①	②	③	④
(2)	①	②	③	④

解答用紙

日本語能力試験 解答用紙

N2

聴　解

受験番号
Examinee Registration
Number

名　前
Name

〈ちゅうい Notes〉

1. くろいえんぴつ (HB、No.2) でかいてください。
   （ペンやボールペンではかかないでください。）
   Use a black medium soft (HB or No.2) pencil.
   (Do not use any kind of pen.)

2. かきなおすときは、けしゴムできれいにけしてください。
   Erase any unintended marks completely.

3. きたなくしたり、おったりしないでください。
   Do not soil or bend this sheet.

4. マークれい Marking examples

よいれい Correct Example	わるいれい Incorrect Examples
●	⊗ ○ ⊘ ○ ◑ ○

もんだい 問題 1

れい	①	●	③	④
1	①	②	③	④
2	①	②	③	④
3	①	②	③	④
4	①	②	③	④
5	①	②	③	④

もんだい 問題 2

れい	①	●	③	④
1	①	②	③	④
2	①	②	③	④
3	①	②	③	④
4	①	②	③	④
5	①	②	③	④
6	①	②	③	④

もんだい 問題 3

れい	①	②	●	④
1	①	②	③	④
2	①	②	③	④
3	①	②	③	④
4	①	②	③	④
5	①	②	③	④

もんだい 問題 4

れい	①	●	③
1	①	②	③
2	①	②	③
3	①	②	③
4	①	②	③
5	①	②	③
6	①	②	③
7	①	②	③
8	①	②	③
9	①	②	③
10	①	②	③
11	①	②	③
12	①	②	③

もんだい 問題 5

1	①	②	③	④
2	①	②	③	④
3 (1)	①	②	③	④
3 (2)	①	②	③	④

解答用紙

日本語能力試験 解答用紙

N2
聴 解

受 験 番 号
Examinee Registration
Number

名 前
Name

〈ちゅうい Notes〉
1. くろいえんぴつ (HB、No.2) でかいてください。
   (ペンやボールペンではかかないでください。)
   Use a black medium soft (HB or No.2) pencil.
   (Do not use any kind of pen.)
2. かきなおすときは、けしゴムできれいにけして
   ください。
   Erase any unintended marks completely.
3. きたなくしたり、おったりしないでください。
   Do not soil or bend this sheet.
4. マークれい Marking examples

よいれい Correct Example	わるいれい Incorrect Examples
●	⊗ ○ ◌ ⊙ ⊘ ○

もんだい 1

問 題 1	①	②	③	④
例	①	②	●	④
1	①	②	③	④
2	①	②	③	④
3	①	②	③	④
4	①	②	③	④
5	①	②	③	④

もんだい 2

問 題 2	①	②	③	④
例	①	●	③	④
1	①	②	③	④
2	①	②	③	④
3	①	②	③	④
4	①	②	③	④
5	①	②	③	④
6	①	②	③	④

もんだい 3

問 題 3	①	②	③	④
例	①	●	③	④
1	①	②	③	④
2	①	②	③	④
3	①	②	③	④
4	①	②	③	④
5	①	②	③	④

もんだい 4

問 題 4	①	②	③
例	①	●	③
1	①	②	③
2	①	②	③
3	①	②	③
4	①	②	③
5	①	②	③
6	①	②	③
7	①	②	③
8	①	②	③
9	①	②	③
10	①	②	③
11	①	②	③
12	①	②	③

もんだい 5

問 題 5	①	②	③	④
1	①	②	③	④
2	①	②	③	④
3 (1)	①	②	③	④
(2)	①	②	③	④

模擬試卷　詳解

聴解スクリプト
<ruby>聴解<rt>ちょうかい</rt></ruby>スクリプト

模擬試卷 スクリプト詳解

問題1	1	2	3	4	5		
	1	2	3	2	4		

問題2	1	2	3	4	5	6	
	3	2	3	2	4	3	

問題3	1	2	3	4	5		
	3	4	1	3	4		

問題4	1	2	3	4	5	6	7
	2	3	3	2	3	1	2
	8	9	10	11	12		
	3	1	3	2	3		

問題5	1	2	3				
			質問1	質問2			
	1	1	2	4			

（M：男性　F：女性）

問題1

1番 MP3 03-04-02

かいしゃ おとこ ひと おんな ひと はな
会社で男の人と女の人が話しています。男の人はミー
なに も
ティングに何を持っていきますか。

F ： 佐藤さん、午後からのミーティング、準備はで
きてる？

M ： はい、企画案は修正してあります。それから、
かかく かん
価格に関するデータでいいんですよね。先ほど
しょくひんかいはつぶ しさく かし れんらく
食品開発部から試作のお菓子ができたと連絡が
ありました。

公司裡男人與女人正在談話。男
人要帶什麼東西去開會呢？

F ： 佐藤，下午開始的會議，準
備工作都就緒了嗎？

M ： 是的。企畫案已經修正完畢
了。然後，再提出價格相關
的資料就可以了吧。剛才食
品開發部那邊聯絡說試作的
零食已經完成了。

F：そう。パッケージのデザイナーにも出席してもらうんでしょ。

M：はい、生産ラインとの打ち合わせがまだなので、どうしようかと思ったんですが、試食しながら、デザインを考えたいと聞いたので。

F：そういうことなら、いいんじゃないかな。

男の人はミーティングに何を持っていきますか。
1.企画案と価格のデータ
2.価格のデータと試作品
3.試作品とパッケージデザイン
4.パッケージデザインと企画案

F：嗯。包裝的設計者也會出席會議對吧。

M：是的。因為還沒與生產線方面進行磋商，他們不知道該怎麼進行，所以我聽說他們打算一邊試吃，一邊思考如何設計。

F：若是這樣的話也不錯呀。

男人要帶什麼東西去開會呢？
1. 企劃案與價格的資料
2. 價格的資料與試作品
3. 試作品與包裝的設計
4. 包裝的設計與企劃案 　正解：1

2番 MP3 03-04-03

会社で男の人と女の人が話しています。男の人はこれから何をしなければなりませんか。

F：ここのファイルの整理もそろそろやらなくちゃね。お願いできる？

M：はい。ここの資料、あまり見ないものもありますから、そんなのは捨てましょうか。

F：でも、捨てた後で必要になったりもするからね。紙の資料として要るものとスキャンしてパソコンに取り込めばいいものに分けましょう。

M：わかりました。分類しながら、パソコンに保存していきましょうか。

F：そうすると、時間がかかるから、それはその後でいっしょにやりましょう。

公司裡男人與女人正在談話。男人在談話後必須要做什麼呢？

F：這裡的資料夾也差不多得整理了。可以麻煩你嗎？

M：好的。有些是不大會看的東西，那種的我把它們丟掉吧。

F：不過，有時候丟了後卻發現其實是必要的吧。我們來把它們分成必須留存的紙面資料以及可以掃描到電腦的吧。

M：了解。我來把它們一邊分類，一邊存進電腦裡吧。

F：這樣做的話應該蠻花時間的喔。那工作我們之後再一起做吧。

M：はい。

F：あと、場所なんだけど、とりあえず、このままここに集めておくのもいいけど、整理した後また移動させるのもね。

M：でも、整理しないとどれくらいのスペースが必要かもわかりませんから。

F：それもそうね。じゃ、それは一番後にしようか。

男の人はこれから何をしなければなりませんか。

1. いらない資料を捨てる
2. ファイルを分類する
3. ファイルをパソコンに保存する
4. ファイルを置く場所を決める

M：好的。

F：還有，資料堆置的地方，姑且集中於在這裡吧，整理之後再移動到別處好了。

M：不過，不先整理的話不會知道需要多少空間啊。

F：那倒是。那麼，那件工作最後再做吧。

男人在談話後必須要做什麼呢？

1. 丟棄不需要的資料
2. 將資料夾予以分類
3. 將資料保存進電腦
4. 決定放置資料夾的地點

正解：2

3番 MP3 03-04-04

体操教室の人が話しています。体験教室に参加したい人は体操教室に何を持っていかなければなりませんか。

M：では、体操教室についてご説明します。この体操教室は、体のストレッチをすることで、肩こりや腰の痛みなどを軽減するのが目的です。9月15日の体験教室に参加ご希望の方は1回分の受講料をお持ちの上、動きやすい服装で来てください。裸足で行いますから、運動用の靴も要りません。第二の心臓とも呼ばれる足を刺激することで、体も健康になるからです。それから、ご自分で準備してくださってもかまいませんが、タオルは参加の記念に差し上げる予定です。興味を持った方、続けてみたいと思った方は9月末までに申込書と3か月分の受講料をお支払いください。

體操教室的人正在說話。想參加體驗課程的人必須帶什麼來體操教室。

M：那麼，關於體操教室，我來說明一下。本體操教室的目的是透過伸展運動以減輕肩頸痠痛及腰痛。希望在9月15日參加體驗課程的人請繳交上課1次的費用後，穿著容易活動的服裝來。因為我們是赤腳進行課程的，所以不需要運動用的鞋子。腳又叫做人體的第二顆心臟，透過刺激腳部，身體也會變得健康。還有，當然您也可以自己準備毛巾，不過我們也

270

体験教室に参加したい人は体操教室に何を持っていかなければなりませんか。

1. 申込書
2. スポーツシューズ
3. 受講料
4. タオル

想參加體驗課程的人必須帶什麼來體操教室。

1. 報名表
2. 運動鞋
3. 上課費用
4. 毛巾

正解：3

4番 MP3 03-04-05

図書館の人と女の人が話しています。女の人はこのあと、何をしますか。

F：もしもし、そちらでお借りした本の返却日を過ぎてしまったんですが、どうしたらいいですか。

M：図書館へできるだけ早くお返しください。

F：北区図書館まで行く時間がないんですが。

M：そうですか。山本駅前のショッピングモール内の本屋の前に返却ポストがあります。そちらは毎日回収しています。時間は午後9時までです。ほかには県立大学の附属図書館でも返却できます。そこの返却ポストは毎週金曜日に回収しております。

F：あのう、返却が遅れると延滞料とかは払わなくていいんですか。

圖書館的人與女人正在談話。女人在談話後，先做什麼呢？

F：喂，我向你們借了書，但過了還書期限，該怎麼辦好呢？

M：請盡早還給圖書館。

F：但我沒有時間去北區圖書館耶。

M：這樣啊。山本車站前的購物中心內的書店前有還書箱喔。我們會每天去那裡回收。時間到下午9點為止。其他也可以還給縣立大學的附屬圖書館。我們會在每週五去回收那裡的還書箱。

F：呃，延遲還書的話要支付延遲的罰金嗎？

271

M ： その必要はありませんが、返すのが遅くなると、人気の本の場合は、図書館がまた新しく購入しなければならない場合もありますので。

M ： 那倒不必要，只不過若延遲返還的是超搶手的圖書，以至於圖書館必須新購入同樣書籍的話，有時必須收取罰金喔。

F ： そうですか。じゃ、毎日回収するほうへ今日中に返すようにします。

F ： 這樣啊。那我今天就去你們每天會回收的那一個還書箱返還。

M ： よろしくお願いいたします。

M ： 麻煩妳囉。

女の人はこのあと、何をしますか。
1. 北区図書館へ返しに行く
2. ショッピングモールへ返しに行く
3. 附属図書館へ返しに行く
4. 延滞料を払う

女人在談話後，先做什麼呢？
1. 去北區圖書館還書
2. 去購物中心還書
3. 去附屬圖書館還書
4. 付延遲的罰金　　　　正解：2

5 番 　MP3 03-04-06

学生ボランティアセンターの人と男の学生が話しています。男の学生はこのあと、最初に何をしますか。

學生義工中心的人正在與男學生談話。男學生在談話後，先要做什麼呢？

M ： あのう、ボランティアの申し込みに来たんですが。

M ： 呃，我來申請當義工。

F ： ありがとうございます。申込書拝見しますね。

F ： 謝謝。我看一下您寫的報名表。

M ： はい。

M ： 好的。

F ： やってみたい仕事って欄を記入されていませんね。

F ： 您沒有填寫想做的工作這一欄喔。

M ： 翻訳スタッフが希望なんですが、説明会で仕事内容を聞いてから、書こうかなと思ってるんですが。

M ： 我希望做翻譯工作。不過我想在說明會上聽一聽工作內容之後再寫。

272

F ： かまいませんよ。では、今は空欄ということで。
説明会は、10日の木曜日と18日の金曜日の
午後7時から9時までなんですが、どちらに申
し込みますか。もし、どちらも都合がつかない
場合は個別にご説明もできますよ。

M ： じゃ、木曜日は都合が悪いんで、金曜日のでお
願いします。

F ： わかりました。では、希望の仕事内容のほうは
決まったら、お知らせくださいね。

M ： はい。

男の学生はこのあと、最初に何をしますか。

1. 申込書を書く
2. やりたい仕事を連絡する
3. 10日の説明会に申し込む
4. 18日の説明会に申し込む

F ： 那可以。這樣吧，現在這一
欄先別寫。說明會將在10
號週四及18號週五的晚上7
點到9點舉行，您想參加哪
一場？若是都沒辦法參加的
話，我也可以個別為您說明
喔。

M ： 那，因為週四我不行，請讓
我參加週五那場。

F ： 好的。那，您決定了工作內
容後，再麻煩通知我們喔。

M ： 好。

男學生在談話後，先要做什麼呢？

1. 寫申請書
2. 連絡說他想做的工作
3. 申請參加10號的說明會
4. 申請參加18號的說明會

正解：4

1番 MP3 03-04-08

テレビで社長が話しています。社長は会社の経営がうまくいっている一番の理由は何だと言っていますか。

M： 弊社は地方の食品会社ですが、経営の厳しい時代も何とか乗り越え、近年は経営も上向いています。老舗という看板があったからという方もいますし、テレビで紹介されたことで、注文が増えたことも事実です。しかし、この地域特有の食材と製法にこだわってきたからこそ、番組で取り上げられたり、お客様の信頼を得られたのだと思っています。

電視上社長正在說話。社長說公司之所以順利經營最關鍵的理由是什麼呢？

M： 我們公司雖是地方性的食品公司，但努力熬過了經營困難的年代，近幾年的營業狀況也不斷好轉。固然有些顧客是看中我們老舖的招牌才來的，但透過電視的介紹使得訂單增加也是事實。然而，我認為正是因為執著於本地特有的食材與製法，才會讓電視台願意來採訪，也才能得到顧客的信賴。

社長は会社の経営がうまくいっている一番の理由は何だと言っていますか。
1. 昔からある有名な会社だから
2. テレビで商品が紹介されたから
3. この土地のものや作り方を守って作っているから
4. 客の信頼を獲得したから

社長說公司之所以順利經營最關鍵的理由是什麼呢？
1. 因為從以前就是個有名的公司
2. 因為電視介紹了自家商品
3. 因為堅守本地素材及製法生產
4. 因為得到客人的信賴　　**正解：3**

<ruby>会社<rt>かいしゃ</rt></ruby>で<ruby>男<rt>おとこ</rt></ruby>の<ruby>人<rt>ひと</rt></ruby>と<ruby>女<rt>おんな</rt></ruby>の<ruby>人<rt>ひと</rt></ruby>が<ruby>話<rt>はな</rt></ruby>しています。<ruby>女<rt>おんな</rt></ruby>の<ruby>人<rt>ひと</rt></ruby>がテニスを<ruby>始<rt>はじ</rt></ruby>めた<ruby>理由<rt>りゆう</rt></ruby>は<ruby>何<rt>なん</rt></ruby>ですか。	在公司裡男人與女人正在談話。女人之所以開始打網球的原因為何?
F ： 山田さん、お<ruby>先<rt>さき</rt></ruby>。	F ： 山田,我先走囉。
M ： あっ、そっか、きょうは<ruby>残業<rt>ざんぎょう</rt></ruby>しちゃいけない<ruby>日<rt>ひ</rt></ruby>だったね。<ruby>僕<rt>ぼく</rt></ruby>もそろそろ<ruby>行<rt>い</rt></ruby>かなきゃ。ノー<ruby>残業<rt>ざんぎょう</rt></ruby>デーを<ruby>機<rt>き</rt></ruby>にスポーツジムへ<ruby>行<rt>い</rt></ruby>ってるんだ。	M ： 啊,對啦。今天是不准加班的日子呀。我也差不多得走囉。因為有了這個不加班日,我開始去運動健身房喔。
F ： <ruby>早<rt>はや</rt></ruby>く<ruby>帰<rt>かえ</rt></ruby>れるって、いいよね。<ruby>実<rt>じつ</rt></ruby>は、<ruby>私<rt>わたし</rt></ruby>もテニスを<ruby>始<rt>はじ</rt></ruby>めたの。	F ： 可以早點回去真棒呢。其實,我也開始打網球了喔。
M ： テニス!<ruby>僕<rt>ぼく</rt></ruby>もやってみたいんだ。あこがれの<ruby>選手<rt>せんしゅ</rt></ruby>がいるから。	M ： 網球!我也想打耶。因為我有崇拜的選手。
F ： <ruby>私<rt>わたし</rt></ruby>もそれでやろうって<ruby>思<rt>おも</rt></ruby>ったの。	F ： 我也是因為這個原因才想說要打的。
M ： <ruby>佐藤<rt>さとう</rt></ruby>さんのあこがれの<ruby>選手<rt>せんしゅ</rt></ruby>って、<ruby>誰<rt>だれ</rt></ruby>、<ruby>誰<rt>だれ</rt></ruby>?	M ： 佐藤妳崇拜的選手是誰呢?誰?
F ： <ruby>子供<rt>こども</rt></ruby>のころ<ruby>見<rt>み</rt></ruby>てたアニメの<ruby>中<rt>なか</rt></ruby>の<ruby>登場人物<rt>とうじょうじんぶつ</rt></ruby>。	F ： 是我小時候在動畫中看到的人物啦。
M ： そういえば、<ruby>僕<rt>ぼく</rt></ruby>もアニメがきっかけで、<ruby>子供<rt>こども</rt></ruby>のころサッカークラブに<ruby>入<rt>はい</rt></ruby>ってたよ。	M ： 說到這,我小時候也是因為動畫,才進了足球社喔。
F ： きっかけはちょっと<ruby>変<rt>へん</rt></ruby>だけど、いい<ruby>気分転換<rt>きぶんてんかん</rt></ruby>になるし、ストレスも<ruby>減<rt>へ</rt></ruby>ったよ。<ruby>今度<rt>こんど</rt></ruby>、いっしょにやろうよ、テニス。	F ： 雖說我的契機有些奇怪,但這運動可以讓我轉換心情,也可以減輕壓力喔。下次我們一起去打網球吧。
M ： うん、<ruby>都合<rt>つごう</rt></ruby>がいい<ruby>時<rt>とき</rt></ruby>に<ruby>誘<rt>さそ</rt></ruby>ってよ。	M ： 好喔。我方便的日子請找我一起喔。

女の人がスポーツを始めた理由は何ですか。

1. 残業のない日ができたから
2. テニスのアニメが好きだったから
3. ストレスが解消できるから
4. 同僚に誘われたから

女人之所以開始運動的原因為何？

1. 因為有了不加班的日子
2. 因為喜歡網球的動畫
3. 因為可以減輕壓力
4. 因為同事邀請

正解：2

3番 MP3 03-04-10

テレビで男の人が話しています。若者が車を買う一番の理由は何ですか。

M： 若者の車離れが進んでいます。都市部では電車やバスが便利ですし、地方では家族の車があるので、買う必要がないという人も多いです。ただ、旅行などで借りたレンタカーがきっかけとなって、車の購入を考える人が意外に多いことが今回の調査でわかりました。購入理由は「通学通勤に必要だから」が最も多いとはいえ、実際に運転してみて、車が好きになり、購入を考える人がいるというのは非常に興味深いと思います。

電視上男人正在說話。年輕人之所以買車最重要的原因是什麼呢？

M： 年輕人近來都不買車了。或者因為都市裡電車跟巴士太方便了，也或者因為鄉下的家人有車，所以很多人都沒有購車的需求。然而，本次的調查結果顯示，因為旅行時租車的經驗成為契機而思考購車的人意外的多。雖說購車理由中「為了上下學或上下班」是最多的，但有些人是實際開過幾次後而變得喜歡車，故而開始想買車的，這點非常的有趣。

若者が車を買う一番の理由は何ですか。

1. 地方に住んでいるから
2. 旅行に便利だから
3. 生活に必要だから
4. 車の運転が好きだから

年輕人之所以買車最重要的原因是什麼呢？

1. 因為住在鄉下
2. 因為旅行時很方便
3. 因為生活上有需要
4. 因為喜歡開車

正解：3

レストランで男の人と女の人が話しています。男の人はどうして食欲がありませんか。	在餐廳裡男人與女人正在談話。男人為什麼沒有食欲呢?
F：ねえ、何頼む？いろいろあって迷うね。	F：欸，要點什麼好呢？這裡好多選擇都不知道該怎麼點了。
M：うーん、食べたいものがないな。	M：嗯，沒有我想吃的東西耶。
F：どうしたの？仕事のストレス？明日プレゼンだから緊張してる？	F：怎麼啦？工作上壓力太大嗎？因為明天的簡報所以很緊張？
M：まさか。	M：怎麼會呢。
F：準備、まだだったら、手伝えることがあったら、手伝うけど。	F：你要是還沒準備好的話，要是有我可以幫忙的部分，我可以幫你喔。
M：資料もだいたいできてるから大丈夫だよ。実は、ここのところ子供が夜泣いて、ゆっくり休めなくて。	M：資料已經大致準備完成了所以應該沒問題喔。其實啊，是這陣子我家小朋友老是半夜在哭，害我都沒法好好睡覺了。
F：それでか。最近、夜になっても暑いから、赤ちゃんもぐっすり眠れないんだね。寝不足が続くと、カゼをひいたり、体調を崩しやすくなるらしいから、気を付けてね。	F：是這個原因啊。最近，即使入夜了還是蠻熱的，所以嬰兒也沒法睡得香甜。持續睡眠不足的話，好像會容易感冒或者身體出狀況的樣子喔。要注意呢。
M：ありがとう。明日のプレゼンが終わったら、週末は、ゆっくり休むよ。	M：謝謝。明天簡報結束後，週末就會好好休息。
男の人はどうして食欲がありませんか。	男人為什麼沒有食欲呢?
1.仕事で緊張しているから	1.因為工作的事所以緊張
2.あまり寝ていないから	2.因為一直沒法入眠
3.最近暑かったから	3.因為最近熱
4.カゼをひいているから	4.因為得到感冒

正解：2

277

大学の職員と女の学生が話しています。女の学生が寮に住むことにした一番の理由は何ですか。

M：きょうは大学のコラムにご協力ありがとうございます。今回のテーマは「寮」です。それで、さっそくなんですが、寮の住み心地はどうですか。

F：最初は家族と離れて生活することに不安があったんですが、寮なら、孤独を感じなくてすむのがいいですね。

M：人間関係が面倒くさいと考える人もいるようですが。

F：そういうこともないわけじゃありませんね。でも、食堂でほかの学部や留学生たちと食べたり、わいわいおしゃべりしたりするのは楽しいです。

M：そうですか。

F：それに、一人じゃないので、安全で安心できます。両親もそれが何よりだと考えているようです。

M：そうですか。

F：でも、寮は外で一人で住むよりも安いと思っていたんですが、それはそれほどでもありませんでした。

大學裡的職員正在與女學生談話。女學生之所以住宿舍最主要的原因是什麼呢?

M：感謝您今天協助本大學的評論專欄。這次的主題是宿舍。那麼，我就開門見山得問囉。您覺得宿舍住起來感覺如何？

F：一開始與家人分開而獨自生活是有些不安啦，但是住宿舍的話，就不大會有孤獨感所以住起來覺得不錯。

M：不過好像有些人會覺得人際關係得處理蠻麻煩的耶。

F：並不是說沒這個狀況，但是，可以在餐廳裡和不同系所的人或者留學生一起吃東西，一起暢談也是很快樂的事。

M：原來如此。

F：然後，因為不是一個人獨居，所以對安全問題可以感到安心。我爸媽好像也覺得這點是最重要的樣子。

M：這樣啊。

F：不過，我以前以為住宿社比住外面便宜，不過好像不是這麼一回事耶。

女の学生が寮に住むことにした一番の理由は何ですか。

1. 食事の心配をしなくていいから
2. 留学生が住んでいるから
3. 安く借りられるから
4. 安全だから

女學生之所以住宿舍最主要的原因是什麼呢？

1. 因為不用擔心吃飯的事
2. 因為有留學生住宿舍
3. 因為住起來較便宜
4. 因為安全

正解：4

6番 🎧 MP3 03-04-13

会社で男の人と女の人が話しています。女の人が透明の飲み物を選ぶ理由は何ですか。

在公司裡男人與女人正在談話。女人選擇透明的飲料的原因是什麼呢？

M： 飲み物買ってきたよ。ちょっと、一息入れよう。

M： 我買飲料來囉。稍微休息一下吧。

F： ありがとう。あっ、透明の紅茶。私も最近これ飲んでる。

F： 謝謝。啊，透明的紅茶耶。我最近老愛喝這個。

M： それだと、お客様が見ても、変に思わないもんな。

M： 喝這個的話，即使客人看到了，也不會覺得不妥呢。

F： えっ？どういうこと？

F： 咦？怎麼說？

M： 水と見分けがつかないから、不謹慎に思われないんだよ。

M： 因為沒法看的出妳是喝水或什麼，所以不至於被認為太誇張嘛。

F： あっ、そういうことか。勤務中に飲み物を飲むなんてってクレームがこないってことね。水みたいで、体によさそうだからって人もいるみたい。

F： 啊，你是說這個呀。其實工作時喝飲料也不會被投訴啦。只是因為很像是水，所以好像有人覺得對身體不錯喔。

M： へえ、歯の白さを保ちたいから選ぶ人もいるんだって。

M： 是喔。聽說也有人是因為想保持牙齒潔白才選擇這個的。

279

F ： ああ、それは私もなるべく紅茶やコーヒーは飲まないようにしてるよ。お客様に直接接する仕事だからね。

M ： それで、これを飲んでるわけか。

F ： そうそう、興味本位で飲んでるわけじゃないよ。

女の人が透明の飲み物を選ぶ理由は何ですか。

1. 健康によさそうだから
2. 仕事中だから
3. 歯を白くしていたいから
4. 新しい商品に興味があるから

F ： 對啊，這就是我之所以儘量選擇不喝紅茶或咖啡的原因喔。因為我做的是直接面對客人的工作嘛。

M ： 原來是這樣，妳才選擇喝這個的嗎？

F ： 對呀，不是因為個人喜好才喝的喔。

女人選擇透明的飲料的原因是什麼呢？

1. 因為好像對健康很好的樣子

2. 因為在工作中

3. 因為要保持牙齒潔白

4. 因為對新商品感興趣

正解：3

1番 MP3 03-04-15

テレビで男の人が話しています。

M： 台風の発生しやすい季節になりましたが、台風は地震と違って、予想ができますので、準備をすれば、被害を少なくすることができます。普段から食べ物など必要なものをリュックなどに入れておきましょう。避難場所も地震とは違うので、事前に市役所で確認しておいてください。そうすれば、あわてないで避難することができます。持ち物の場所や避難する道について家族で話し合っておくことも大切ですね。

男の人は主に何について話していますか。
1. 台風が多い季節について
2. 台風と地震の被害の違いについて
3. 台風の前の準備について
4. 台風で避難するときの注意について

電視上男人正在說話。

M： 現在正值容易發生颱風的季節。颱風與地震不同，由於可以預測，只要稍加準備，是可以減低所遭受的損害的。平常請做好將食物等必需品放入逃難背包的準備吧。關於避難場所這點也與地震不同，請各位事先向地方政府先行確認。如此，就可以不慌不忙的完成避難了。家人之間互相提醒逃生時所攜物品與逃生通道等事項是很重要的喔。

男人主要在說些什麼呢？
1. 關於颱風頻發的季節
2. 關於風雨地震的不同
3. 關於颱風前的準備
4. 關於颱風來襲避難時的注意事項

正解：3

 重點解說

從預想、事前、預先互相提醒等關鍵字，可知說的是颱風前的事。

テレビで女の人が話しています。

F： プラスチックは軽くて加工もしやすい便利な素材ですが、今、海を汚染する原因として問題となっています。特に、マイクロプラスチックと言われる直径5ミリ以下の小さいプラスチックゴミは魚や海鳥が餌と間違えて食べたり、これからも分解されずに海底などで増えていくことが大きな問題となっています。飲食店によっては、海の環境を守るため、プラスチック製のストローをやめる動きも始まっています。

女の人は主に何について話していますか。

1. プラスチック素材について
2. マイクロプラスチックについて
3. プラスチックのストローの使用禁止について
4. プラスチックの海の汚染について

電視上女人正在說話。

F： 塑膠雖然是既輕巧又便於加工的方便材料，但現在卻也造成了海洋污染的問題。特別是，被稱為微小塑膠的直徑5公分以下的小塑膠垃圾，不但會被魚或海鳥給誤食，也因為無法分解會積累於海底而造成大問題。有些飲食店為了保護海洋環境，已經開始拒絕使用塑膠吸管的行動。

女人主要在說些什麼呢？

1. 關於塑膠材料
2. 關於微小塑膠
3. 關於塑膠吸管的禁止使用
4. 關於塑膠的海洋污染　　**正解：4**

 重點解說

　　從多次出現海、汙染、魚、海鳥、海底等等與海洋汙染相關的字彙，即可知所說的話題是與海洋汙染有關的。

会社で社長が社員に話しています。

M： ビジネスにおいて、ますます効率化が求められているのは、皆さん、ご存じのとおりです。そこで、今月は会議の無駄をなくすことを目標にしたいと思います。会議中も会社は皆さんに給料を支払っています。また、仕事中の時間を使って会議をしているわけですから、ダラダラと長い時間を使った会議はしないようにしましょう。また、その会議に絶対に必要な人だけが出席するようにして、メールでもいい内容はメールですませてください。

公司裡社長正在向社員說話。

M： 我想各位一定也都知道，在商業領域中，效率化是件逐漸被重視的事。為此，我希望這個月能以杜絕會議的浪費為目標。即使開會公司也會支付給各位薪水。此外，由於會議的進行會使用到工作的時間，所以讓我們避免進行冗長而乏味的會議吧。還有，要開會就只請絕對必要的人出席就好。若是可以用電子郵件說明的就請用電子郵件吧。

社長は何について話していますか。
1. 会議の無駄をなくしてほしい
2. 会議の時間を短くしてほしい
3. 会議の費用を減らしてほしい
4. 会議に参加する人を減らしてほしい

社長正在說關於什麼的話題呢？

1. 希望避免會議的浪費
2. 希望縮短會議時間
3. 希望減少會議的費用
4. 希望減少參加會議的人數

正解：1

🔍 **重點解說**

概要理解的考題中，最重要的是確認整體而言其所說的主旨是什麼。在裡面所說到的時間、費用、人數等是個別的事項，所以並非答案。

4番 MP3 03-04-18

テレビで男の人が話しています。

M： 電車の中の座席や網棚、つり革や手すりなどに
注意したことはありますか。鉄道会社は乗客に
安全に、そして、快適に過ごしてもらうために、
工夫を重ねています。例えば、手すりは、お子
さんなどつり革がつかみにくい人のためにあり
ますが、この会社では、まっすぐなタイプでは
なく、曲線のものを採用しています。そのほう
が、しっかり握ることができ、座っている人に
もあたらないからです。また、手すりをシート
の間に2本つけることで、立ち上がりやすくなっ
たり、7人掛けのシートに7人座ってもらえる
ようになったということです。

この男の人が主に話したいことは何ですか。
1. 電車内の環境
2. つり革と手すりの違い
3. 手すりの効果
4. 座り方のマナー

電視上男人正在說話。

M： 你曾留意過電車中的座位，
行李架，皮革拉環及扶手
嗎？鐵道公司為了乘客的
安全，使乘客能夠舒適地搭
乘，下了不少苦心喔。例如，
扶手是為了小朋友等抓不
到皮革拉環的人所設置的，
這個鐵道公司不採用直線
型的，而是採用曲線型的扶
手。這種曲線型的，可以牢
牢地握住，而不至於碰觸到
坐在座位上的旅客。還有，
在座位區之間立有兩根扶
手，不但方便迅速站起來，
即使是7人座的長椅也不會
占空間而可以坐滿7人喔。

這個男人主要想說什麼呢？
1. 電車裡的環境
2. 皮革吊環與扶手立柱的差別
3. 扶手的效果
4. 座位上的禮節　　　正解：3

 重點解說

「例えば」（例如）正如字面上所示，常使用於示例的場合，在概要理解的問題上通常不是
該題答案。不過因為在這題中扶手以外的座位並沒有被提及，所以本題所說的主要內容就是扶
手。

カフェで店長が男の店員に話しています。	在咖啡店裡店長正與男店員在談話。
F：最近は忙しい時も、冷静に対応できるようになってきたね。	F：你最近即使在很忙的時刻，也能態若自然地與客人對應呢。
M：はい、仕事にも慣れてきました。	M：是的。已經習慣了這個工作。
F：つまり、自分の仕事は問題なくできるようになったってことだよね。だから、これからは、それ以外のことにも目を向けてほしいの。	F：也就是說，已經可以毫無困難地處理自己的工作囉。所以，我希望你也可以稍微注意一下自己工作以外的事物。
M：と言いますと。	M：您是說？
F：周りを見てほかのスタッフの手助けをするとか、ただ、料理を運ぶだけじゃなくて、グループのお客様に同時に料理を出せるようにキッチンと連絡を取ったりしてほしいの。	F：例如看看你的周遭，幫助其他的工作夥伴等等。我希望你不是只有端料理上桌而已，我也希望你面對團體的客人時，可以與廚房聯絡以便同時上菜。
M：はい、わかりました。	M：好的。我知道了。

店長は店員に何を言いたいのですか。
1. 店で決められた方法で仕事してほしい
2. ほかのスタッフの手伝いをしてほしい
3. 料理を作る仕事もしてほしい
4. 自分の仕事以外にも注意を向けてほしい

店長想對店員說什麼呢？
1. 希望他按照店內的SOP工作
2. 希望他幫忙其他的工作夥伴
3. 希望他能做料理的工作
4. 希望他除了自己的工作以外也能注意其他事情　　**正解：4**

！🔍 重點解說

「～とか」或「～たり」使用於例示的場合。在前面所出現的「自己的工作以外的事物也請注意一下」是店長所想說的。

1番 🎧 MP3 03-04-21

M： この本、最後まで読まずにはいられないよ。	M： 這本書讓我欲罷不能地讀到最後。
F： 1.私も最後まで読めなかった。 2.最後まで、読むのをやめられないよね。 3.最後まで読む時間はないね。	F： 1.我也沒辦法讀到最後。 2.沒讀完是停不下來的對吧。 3.沒時間讀到最後吧。

正解：2

2番 🎧 MP3 03-04-22

F： 新商品です。一度お試しになりませんか。	F： 這是新商品。要不要買來試試看呀。
M： 1.ええ、一度も買ったことないんです。 2.へえ、買って、どうでしたか。 3.じゃ、買ってみようかな。	M： 1.是啊，我從來沒買過呢。 2.是喔。買了後，覺得怎樣呢？ 3.那麼，我買來用看看吧。

正解：3

3番 🎧 MP3 03-04-23

M： お目にかかれて何よりです。	M： 可以遇見您真是太好了。
F： 1.お会いできなくて、残念でした。 2.ぜひ、お会いしたいです。 3.私もお会いできて、うれしいです。	F： 1.無法與您相見，真是太遺憾了。 2.我超想與您相見的。 3.我也是，可以與您相遇真是太令我高興了。

正解：3

! 重點解說

「何より」是「比什麼都好」的意思。所以是有程度上「最…」的意思。在此處是，可以相見是最令人高興的事的意思。

4番 🎧MP3 03-04-24

F ： これ運んでもらえると、ありがたいんですけど。

M ： 1. いいえ、どういたしまして。
　　　2. はい、どこへ運べばいいですか。
　　　3. ちょっと重くて、一人じゃ持てないので。

F ： 你要是可以為我搬這個的話，就太感激了。

M ： 1. 不會啦，別客氣。
　　　2. 好的，搬去哪裡好呢？
　　　3. 有點重，所以我一個人沒法拿。

正解：2

 重點解說

「V てもらえると、ありがたいんですが」是禮貌客氣地請求對方的表現方式。

5番 🎧MP3 03-04-25

M ： きょうは山田さんらしい走りができてないな。
F ： 1. 何か心配事でもあるの？
　　　2. 走るのは得意じゃないので。
　　　3. きょうは体調を壊していて。

M ： 妳今天沒法跑得像妳過去那樣呢。

F ： 1. 在擔心什麼事是嗎？
　　　2. 因為我不擅長跑步。
　　　3. 因為今天身體狀況不佳。

正解：3

6番 🎧MP3 03-04-26

F ： お天気に恵まれるかどうか。
M ： 1. 心配してもしょうがないですよ。
　　　2. 天気予報で確かめてください。
　　　3. いいお天気になるらしいですね。

F ： 不知道會不會是好天氣。

M ： 1. 擔心也無濟於事喔。
　　　2. 請看天氣預報確認。
　　　3. 好像會變好天氣的樣子喔。

正解：1

7番 🔊 MP3 03-04-27

M ： こんなことなら、先輩に聞いておけばよかった。

F ： 1. 聞いておいてよかったね。

2. いまさら言っても遅いよ。

3. こんなこと先輩言ってなかったよね。

M ： 這件事要是有先去問前輩就好了。

F ： 1. 事先問了他們真是太好了。

2. 事到如今說這些也沒用了。

3. 前輩沒說這件事喔。

正解：2

8番 🔊 MP3 03-04-28

F ： こちらでの飲食はご遠慮ください。

M ： 1. すみません。静かに食べます。

2. ここなら、食べてもいいんですね。

3. ここ、食べちゃいけないんですか。

F ： 請勿在此處吃東西喝飲料。

M ： 1. 抱歉，我會安靜地吃東西喝飲料。

2. 這裡的話，就可以吃東西了吧？

3. 這裡不可以吃東西是嗎？

正解：3

9番 🔊 MP3 03-04-29

M ： きょうはこのぐらいにしとこうか。

F ： 1. うん、もうこんな時間か。残りは明日にしよう。

2. そうだね。きょうはこの部分をやろう。

3. ここまで済ませるってことね。

M ： 今天只做這到這裡而已是嗎？

F ： 1. 啊，已經是這個時間了嗎？剩下的明天再做吧。

2. 說的也是。我們今天就把這個部分做完吧。

3. 要完成到這裡的意思囉。

正解：1

288

10 番 MP3 03-04-30

F ： 留学なんて、気が進まないなあ。

M ： 1. やっと夢がかなうんだね。おめでとう。
2. 誰にでも行けるもんじゃないよね。

3. せっかくのチャンスなんだから、行くべきだよ。

F ： 留學的事，我總是沒法積極以對呢。

M ： 1. 恭喜！妳終於美夢成真了。

2. 那不是任何人都能去的對吧。

3. 那是難得的機會耶，妳應該去喔。 正解：**3**

11 番 MP3 03-04-31

M ： デザインはいいけど、値段がね。

F ： 1. 値段は 6 万 8 千円ですね。
2. ちょっと高いね。とても手が出ないよ。

3. 値段はそこに書いてあるよ。

M ： 設計是不錯啦。可是價格就…。

F ： 1. 價格是 6 萬 8 千元喔。

2. 有點貴呢。實在沒法買下去。

3. 價格寫在那裡喔。 正解：**2**

> **重點解說**
> 這段對話是用對比的方式呈現。設計雖好但價格不好，也就是說價格太貴的意思。

12 番 MP3 03-04-32

F ： もうちょっと簡単に説明してくれないかな。

M ： 1. 説明不足だよね。
2. 詳しく説明してほしいよね。

3. 専門用語ばっかりでわかりにくいね。

F ： 可以為我再簡單地說明一下嗎？

M ： 1. 說明得不夠是吧。

2. 希望我說明的詳盡些是吧。

3. 盡是些專業用語所以不好懂是吧。 正解：**3**

1番 🎧 MP3 03-04-34

観光案内所で、係の人と男の人が話しています。

M： あのう、半日の観光コースってありますか。あっ、それからお昼が食べられるところも、お願いします。

F： はい。モデルコースは、半日だとこの4つですね。1つ目は、この市内観光コース。あと30分後に観光バスが出ます。市内の主な観光地を巡って、駅前に戻ってきます。駅前にはこの近くの海でとれた魚が食べられる店がありますよ。

M： へえ。

F： 一人でというのなら、駅前で自転車を借りて、お城はどうですか。ここからだと、半時間くらいです。お城の下の公園には麺類のお店がありますよ。これが2つ目のコースですね。3つ目は、車を借りて、海へ行くコースです。1時間かかりませんし、魚市場で食事や買い物もできますよ。今なら、魚市場の500円お買物券もついています。

M： ふーん。

在觀光服務處裡，工作人員正在與男人談話。

M： 請問，有沒有半天的觀光行程呢？啊，還有可以吃午餐的地方也麻煩您介紹一下。

F： 好的。半天的話標準行程有4套喔。第1套是本市的市內觀光行程。剩30分鐘觀光巴士就要出發了。市內的主要觀光地繞個一圈，然後回到車站前。在車站前的有些店家裡，可以吃到附近海域所捕來的魚喔。

M： 不錯耶。

F： 您要是一個人的話，可以在車站前租借腳踏車，去繞一下古城怎麼樣啊？從這裡出發的話，半小時左右就可以了。古城所在的公園裡有提供麵類的店喔。這是第2套的行程。第3是，租借汽車開到海邊的行程。花不到一個小時，在魚市場裡也可以吃飯及購買海鮮喔。現在魚市場有提供500元的購物卷。

M： 嗯。

F ： 市内を走るバスで好きなところで降りて、近くをぶらぶらするって方法もあります。これが4つ目のコース。これが、市内地図で、レストラン情報もありますよ。ここと、この店が、観光客の方に人気のお店です。

M ： ああ、聞いたことあります。ちょっと仕事で疲れてるし、連れ行ってもらえるところがいいな。ここにします。

男の人はどのコースを選びましたか。
1. 1つ目のコース
2. 2つ目のコース
3. 3つ目のコース
4. 4つ目のコース

F ： 還有一種是利用市內行走的巴士，喜歡哪裡就哪裡下車，然後在附近晃一晃的方法。這是第4套行程。這是本市的地圖，上面也有餐廳的情報喔。這間跟這間，是很受觀光客歡迎的店。

M ： 啊，有聽過。因為工作的關係有些累了，還是可以由人家帶著我去的地方比較好吧。我選這個。

男人選擇了哪個行程呢？
1. 第1套行程
2. 第2套行程
3. 第3套行程
4. 第4套行程

正解：1

! 重點解說

從最後的「連れ行ってもらえるところがいいな」，可知不是自己開車或步行。「ぶらぶらする」是不帶目的地走著的意思。

2番 🎧MP3 03-04-35

鉄道会社で、上司と職員が観光列車について話しています。
F ： 部長、こちらがここ3か月の利用状況の報告書です。
M1： 最近は、利用者が伸び悩んでるね。何か利用客を増やす方法を考えないとな。

在鐵道公司裡，上司與職員正在談論觀光列車的話題。
F ： 部長，這裡是這3個月來的乘客使用狀況的報告書。
M1： 最近，搭乘的人數停滯無法成長呢。不想點增加搭乘人數的方法不行呀。

F ： はい、アンケートの結果なんですが、もっとゆっくり景色を見たい、景色以外の楽しみが欲しいといった答えが多かったです。電車をゆっくり走らせることは可能ですか。

M2： 観光列車のためだけに、速度を落とすことはできないよ。ほかの電車に影響が出るからね。

F ： そうですね。それなら、終点の駅の近くに花がきれいな公園がありますよね。終点の駅で1時間ほど、ゆっくりしてもらってはいかがでしょうか。

M1： 終点の駅なら、電車の時間を変えても対応できるね。季節のイベントとしてはいいかもしれない。

M2： 食事を提供している観光列車も人気がありますよね。

M1： うん、私も先週、乗ってみたんだけど、なかなかよかったよ。ただ、キッチンを作る予算が出るかっていうとね。

F ： そうですね。では、ホームページに車窓の景色が1分ほど見られる動画も載せてみたら、どうでしょうか。

M2： ああ、そうすると、うちの列車のイメージが伝わりやすいね。

F ： 是。依據問卷調查的結果，想更好好地欣賞風景，並且除了風景以外還希望能有點其他的，這樣回答的數量最多呢。有可能讓電車跑慢一點嗎？

M2： 只為了觀光列車而降低速度是不行的。對其他電車會有影響啊。

F ： 也是啦。那這樣的話，終點站的附近有個花開得很漂亮的公園。給乘客在終點站約一小時左右，讓他們好好地看看這樣如何呢？

M1： 終點站的話，只要變更電車時刻表就能應付行了。作為季節的活動可能不錯喔。

M2： 可以提供餐飲服務的觀光列車也蠻受歡迎的呢。

M1： 嗯，我上週也曾試著搭搭看喔，結果感覺相當棒。不過，我們沒有錢去增加做為廚房的車廂吧。

F ： 也是啦。那麼，若是在官網上增加1分鐘左右的車窗風景如何呢？

M2： 啊，這樣一來，我們家的電車的搭乘印象也就容易傳達給消費者了。

M1： そうだな。さっきの公園の風景や沿線のお店なんかの映像も見られるようにできるといいね。さっそく、費用について調べてくれる？

F ： はい、わかりました。

上司はどうすることにしましたか。
1. 宣伝方法を変える
2. 季節ごとのイベントを開催する
3. 電車の速度を落とす
4. 食事を提供する

M1： 對呀。要是可以讓消費者看到剛才的公園以及沿路的商店的影像就太好了。快點去調查一下所需的費用吧。

F ： 是的。遵命。

上司決定要怎麼做呢？
1. 改變宣傳方法
2. 每季舉辦活動
3. 降低電車速限
4. 提供餐飲服務

正解：1

！ 重點解說

「～なかなかよかったよ。ただ、キッチンを作る予算が出るかっていうとね」是「…相當棒，不過，…是不可能的、很難的」的意思。所以否定前面部分的內容會出現在後面。

3番 MP3 03-04-37

銀行の人が、お金について話しています。

F1： 皆さん、1年で100万円貯めたという話をテレビなどで見たことはありませんか。これ、無理な話ではないんですね。では、4つの方法をご紹介します。まず1つ目は、コツコツ毎日2800円貯める方法です。2つ目は毎月のお給料から8万5千円無理やり、銀行で積み立てる方法です。そして、3つ目の方法はボーナスを全部貯金する方法です。4つ目の方法は、家賃の安いところへ引っ越したり、毎月の生活費を節約したりしてお金を作る方法です。いかがですか。きょうからはじめてみませんか。

銀行的人士正在說關於錢的話題。

F1： 各位是否曾在電視上看過用1年存進100萬日圓的說法呢？這可不是天方夜譚喔。我在這裡跟各位介紹4種方法。首先第1個是，每天一點一滴地存個2800日圓這種方法。第2個是強迫自己從每個月的薪水中存進8萬5千日圓，在銀行累積出一筆財富的方法。還有，第3種是將各種獎金或紅利全部存起來的方法。第4種則是搬到租金便宜的地方，

M ： 僕の場合は毎月給料をもらってるから、積み立てるか、ボーナスだな。

F2 ： ボーナスは必ず出るとは決まってないし、ちょっと不安じゃない？

M ： そうだな。そっちは？翻訳の仕事だよね。

F2 ： うん、私は生活を見直すことから始めようかな。とりあえず、使ってないものを売ろうかな。

M ： ふーん、僕はボーナスあてにしないで、確実に毎月貯められる方法にするよ。

質問1
男の人はどの方法がいいと言っていますか。
1. 1つ目の方法
2. 2つ目の方法
3. 3つ目の方法
4. 4つ目の方法

或節約每個月的生活支出以積累財富的方法。如何呢各位？要不要從今天就開始試試看呢？

M ： 因為我是每個月領薪水的，所以是不是要強迫儲蓄呢？我看還是用獎金紅利那套吧。

F2 ： 紅利或獎金並非一定會拿到的呀，這樣多少會有些令人不放心吧。

M ： 是啊。妳呢？妳是做翻譯的工作對吧。

F2 ： 嗯，我還是重新檢討現在的生活再開始吧。姑且先把不用的東西賣掉吧。

M ： 嗯，我還是不要採用獎金紅利那套吧。還是每個月確實地存一些吧。

問題1

男人說哪種方法比較好呢？

1. 第1種方法
2. 第2種方法
3. 第3種方法
4. 第4種方法

正解：2

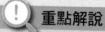 **重點解說**

「ボーナスはあてにしない」是不要期待獎金紅利的意思。另外，從每個月、存錢等語彙可知答案是2。

質問 2

女の人はどの方法がいいと言っていますか。

1. 1つ目の方法
2. 2つ目の方法
3. 3つ目の方法
4. 4つ目の方法

問題 2

女人說哪種方法比較好呢？

1. 第1種方法
2. 第2種方法
3. 第3種方法
4. 第4種方法　　正解：4